宗璞文集

第 ⑤ 卷 童话

人民文学出版社

仲夏

在安大略湖边

目 录

湖底山村	1
花的话	9
吊竹兰和蜡笔盒	12
露珠儿和蔷薇花	16
书魂	19
贝叶	25
石鞋	33
冰的画	39
紫薇童子	44
关于琴谱的悬赏	52
总鳍鱼的故事	59
邮筒里的火灾	67
红菱梦迹	72
无影松	82
星之泪	87
锈损了的铁铃铛	90
碎片木头陀	94
遗失了的铜钥匙	98

七扇旧窗 …………………………… 102

海上小舞蹈 …………………………… 109

小沙弥陶陶 …………………………… 111

寻月记 …………………………… 120

湖底山村

一湖盈盈的水,那样蓝那样蓝,蓝得透明发亮,湖面上闪着一层轻浅的光辉。湖的周围有群山环绕,好似一带翡翠屏障,曲曲折折。山坡上种满了红桃绿柳,每到春来,杏花梨花开成一片花海,迎春的枝蔓儿婷婷袅袅,在微风中忽卷忽舒,榆叶梅的繁复的花朵像是一个个忍俊不禁的红脸庞儿,随时要纵声而笑,让笑声在山峦中滚动着、冲撞着,在湖水上惹起一片涟漪。

这水上的涟漪其实是水鸭子的成绩。它们飞一会儿,在水面上歇一会儿,有一点儿声响就又忽喇喇振翅而去,留下一圈圈的波纹,愈来愈大,直撞到岸边,碎了。鱼儿们在水中游着,看见头顶上变幻的水纹,总是惊愕地摇摇尾巴赶紧浮到水面上来。他们也常吐着泡儿,彼此追逐嬉戏,有时又会凌空跃起,在灿烂的阳光中翻一个身,又落到水中。从远处望,只见湖面上一片银光,跳荡不已。

鱼儿们当中有一条淘气的小鲤鱼,他的尾巴红得像胭脂一般,喜欢跳浪花儿拍水珠儿闹着玩。他在湖中很出名,说起小红鱼,大家都知道。这倒不是因为他游水好,跳浪高,鱼的少年们哪个没有几分英雄气概!这是因为他结识了湖边杏花村的一个小姑娘,名叫春儿。

春儿每天早上上学和下午放学回家,总要在湖旁一块大石头上坐一会儿,柳枝在她身后轻拂,湖水在她脚下流动。她随口唱着山歌:

红桃花开了
白杏花开了
小羊羔漫山坡来了

金哨吹呵
银哨吹呵
春儿的歌声满天飞呵

又用红花瓣儿作帆,绿叶作船,放在水面上漂着,渐渐地,它愈漂愈远,看不见了,没入那碧蓝的一片中了。有一个傍晚,春儿做了一个特别讲究的小船,笔直的草茎作桅杆,船头上缀满丁香的小小的花朵。这船也向湖心漂去,漂着漂着,忽见它掉转了头,仍向岸边滑来。春儿奇怪极了,跳到半浸在水中的凸凸凹凹的石头上仔细看,小船愈来愈近,走得那样迅速,那样平稳,原来是红尾巴小鲤鱼用头推着它,在透明的水中,游得像箭一样快。

春儿觉得十分有趣,拍手笑道:"鱼儿!鱼儿!你不怕累么?"

小红鱼伸出头来望望她,淘气地一甩尾巴,只见红光一闪,一下子就把小船打翻了。春儿大声笑着,撩起水去泼小鱼,水花和笑声在湖面上飞着,杨柳枝也忍不住摇摆起来。从此,每当清晨或黄昏,小红鱼都到湖边这块大石头下和春儿一起玩。她告诉他陆上的风光,新开垦的土地的气味是多么芬芳,绿油油的庄稼怎样使人想扑上去紧紧地搂住它们。他告诉她水里的景色;

原来水里也有山谷和平原,鱼儿们常在山谷中穿来穿去捉迷藏,在平原上比赛游泳。水底有五颜六色各种植物。还有那长长的、绿得发黑的水藻,专门爱挡住人家的去路。

鱼儿们对小红鱼说:"请春儿姑娘来我们这里做客吧。我们把贝壳做的花圈戴在她头上。"小红鱼和春儿说过几次,春儿说,要和妈妈商量,但她也知道,这和妈妈是商量不通的,因为妈妈们总是不记得自己做小姑娘时的事情。

有一天清早,太阳还隐在群山背后,春儿就来到了湖边,坐在大石头上,也不唱歌,也不做船,用手托着下巴,只是发愣。小红鱼游过来问她愁什么,春儿说,几次算术都没有考好,老师说她太不能克服困难了。可那些淘气的数目字,怎么才能叫它们听话?

小红鱼噘着嘴说:"我妈妈刚也说我来着——"见春儿眼圈儿发红,一副委屈样子,便转了话题:"今天来我家玩玩吧,都想见见你呢。"

小红鱼说着,一甩尾巴,接着鱼儿们都甩动尾巴,扬起的水珠儿结成一个大网,春儿像坐船似的,平稳地漂进了湖水,霎时间,只觉满眼碧沉沉一片通明。小红鱼引着她漂过青翠的平原,转过玲珑的山谷,一路看不尽红树白花青苔绿藻,来到湖底的小山坡上。这里碧草丛生,在一株大槐树下,站着长长白须的虾公公。

小红鱼一见,忙对春儿说:"快从树后头绕过去,上我家去。"

虾公公早拉住春儿的手说:"春儿姑娘,你来得真好。把你过去住的地方指给孩子们看看,他们简直不知道天高地厚了。"

"过去住的地方?"春儿一时不明白这话,小红鱼对她一眨眼,小声说:"公公又要教训人呢!"虾公公不理小红鱼,和春儿直往前走,鱼儿们都在后面跟着。翻过小山坡,迎面又是一棵大树,这树就和陆地上的树一样,枝繁叶茂,怎么抬头也看不见树顶。树下有一行歪斜的篱笆。春儿心里好生奇怪,这地方,倒像是什么时候曾经来过似的。

小红鱼说:"这里以前是个小山村,听妈妈说,叫做东山口。"

"三年前我就住在这里呀!"春儿高兴地拍起手来,"这里怎么还这么破破烂烂?"

虾公公捋着白胡子笑道:"竟然嫌它破烂了,这是照原样保存的博物馆。"

春儿跑过篱笆,那边是几排房子,有的高,有的低,是依着地势造的。真是墙倒屋塌,有门有顶的没有几间。水藻挂在房上,成了漂亮的装饰。春儿一眼就看见自己的家门,还是那样关也关不上,屋顶上的大洞里正有一只水母在休息,它的手脚四处飘舞。

还是那样,这三年前的家!春儿想起修这湖以前,不下雨愁旱,下雨愁水的日子。家里空荡荡的,为的好搬家。水来了,要走,水不来,没有吃的,也得走,一年倒有大半年在外头过。忽然有一天,村里人喊马嘶,热闹非常。说是要在这里修一个湖,把大家的生活都变个样儿。可不是,真变了,变了。新的日子,每天都像一个激动人心的礼物。过去,成了朦胧的、黯淡的一片,像一个遥远的梦——

一条小鱼叫春儿道:"你家还有一朵大红花!"真的,大树底下,小花池里,有一朵鲜红的大花,正朝着大家点头儿。这花红得那样鲜,那样艳,胜过了小红鱼的尾巴。这朵花从前没有,春儿想,必是在湖水里长出来的。

小红鱼绕着招展的花儿转了一圈,说:"这朵花真好看,整个的湖都喜欢它。我们常常赛游,就用这花做目标。"

这样一说,春儿忽然想起来了。这花儿,好像正是什么纪念。自从开始修建这湖,东山口村整天都在沸腾。春儿家里,不断住着外来的客人,都是热心肠的好叔叔好阿姨。他们顶着星星出去,迎着月亮回来。一担石一筐土,一点一滴地,把山搬了走,把湖移了来。记得有一个阿姨住在家里时,每天黄昏总有一个叔叔来找她,站在这大树下说一阵子话。有一天,两人异想天开,不知从哪里找来一粒花子埋在这大树底下。叔叔笑着说:"就让它来纪念咱们这一段生活吧。"

以后,春儿还悄悄帮他们浇过水。现在它真的开了花!春儿想,该告诉那叔叔和阿姨的,三年来,他们不知又种了多少花儿。她转头四望,见阳光从湖水中透过来,照出深蓝的浅碧的一层层光圈,这些变幻着的光圈的花瓣,把整个的湖,变成了一朵大花。

"他们也该看见了,湖的花,湖上的花,湖底的花……"春儿乱想着,不觉自言自语,"能有这些花儿,可真不容易!"

虾公公在旁边笑道:"就说呢,我们当初住在烂泥坑里,山水来了,说不定撞死在哪块石头上。这些孩子们,现在还嫌湖底岩洞少,住得不舒服……"

春儿等刚走出村,忽听见一阵风雷之声,前面的湖水掀起波澜,春儿觉得,身边的水也在晃动。一条小鱼不耐烦地(若是鱼有眉毛的话,一定皱得紧紧的了)说:"又是那些坏家伙!"虾公公说,最好带春儿去看看那些龙。那些坏龙!多少年来,它们在这儿为非作歹,这一带地方从来没有过风调雨顺的日子。可是一开始修这湖,短短几个月的时间,就把它们降住了。真该把它们锁起来拿去展览,让大家看着高兴。不一时,见前面黑压压的,那是荆棘扎的高栅栏。走得近了听见里面波涛滚滚。春儿想,龙一定是很大很神气的,从栅栏缝中望进去,却是些小黄蛇,在摇头摆尾地扭动,数一数,正是十三条。小红鱼说:"它们现在还存着坏心呢。隔不些时,总想乱动——"说着,只见这几条蛇愈来愈大,一会儿,变成大蟒了。湖水波涛愈起愈高。春儿着急地问:"怎么办?咱们打呀!"虾公公说:"别着急,有人治它们。"

果然,不知从哪里照来一片光芒,那些快要变成龙的蟒,马上跌落下来,又变成了蛇。立刻十三条蛇全不动了,蜷缩成一团,湖水也恢复了平静。

春儿奇怪地四处望着,虾公公说:"这些东西还想胡闹!既然能治住,就能治到底!"说着引了春儿向前走,先经过一个小小的树林,这里有各种各样颜色的树,红的如火,白的如雪,蓝的如蓝天,绿的如绿水,若是不注意,简直看不见它,只管撞上去,头都会撞破的。又走过一片花圃,花儿开得万紫千红,在透明的水中,显得分外鲜艳。花儿们和鱼儿们还互相打招呼问好。走着走着,愈走眼前愈亮,照得春儿眼睛发花,定了定神再看,原来是一块湖底闪闪发光。这一块地方有一座楼那样大,模样像个大脚印。光华万丈直往上冲。小红鱼叫她:"绕过去!绕过去!"春儿却不留神,只顾往前走,刚到边上,猛然像被什么力量给一下子推了回来,她往后跟跄了几步,虾公公连忙扶住她。

"这也是修湖时留下的。"虾公公毕竟多知多懂,告诉春儿,"要知道修这湖时,不知有多少人推石运土,一步一个脚印,走了没法计算的路程。等到活水进湖的那天,这些个脚印都缩成指甲大小,聚到这儿,成了这个奇妙的所在。那些龙想闹事,可是这光辉治住了它们!它们怎么也蹿不出罩住它的光芒!这里的力量大着呢,谁往这儿游,都给顶回来。"虾公公想了想说,"那种干劲,永远不能忘啊。什么都等现成的,可不行!"

这时,有别的小鱼们向那发亮的脚印游去,都被弹了回来,在水中直翻筋斗。他们用这块地方练习游逆水。游水是鱼的主要本事,鱼儿们是从不放松锻炼的。

"那种干劲,永远不能忘啊。什么都等现成的,可不行!"春儿仔细品味这几个字,觉得真有分量。小红鱼半张着嘴,一连串水泡儿向水面升去。他似乎也看见了什么,也在思索着什么。

在这一片亮光中,春儿和小红鱼仿佛看见了东山口村,那东倒西歪的房屋、破烂的门窗,那棵苍老的大树,一起往湖面上升,亮光愈来愈强,东山口村渐渐变了,渐渐地,变成了春儿现在的家乡,在花树丛中掩映着一排排齐整的房屋,春儿还看见在自己的炕头上,贴着那张朱红的"学文化"剪纸。杏花村再升再升,看不见了。透过碧沉沉的水,仿佛在天上出现了一座大城,还有一个峥嵘壮丽的城楼,巍然而立。

"那是什么?"春儿问。

"那是拦湖的大坝。"虾公公说。

这大坝,积蓄了一湖活水,要浇庄稼,就放水出去。春儿曾看见,放水的时候,白花花的水从隧道里奔腾而出。它经过大田,叫庄稼长得又肥又壮;它经过坝外的发电站,那股冲劲儿,叫这一带村庄都不再愁黑夜,也分不清是星星洒落人间,还是人间正在变成天上。

虾公公捋一捋白须,又说:"修这大坝费的心力,小红鱼全知道,就是忘了。"

小红鱼转过头去不说话。别的小鱼们有的悄悄笑了,咕噜噜吐出的水泡儿彼此碰着了,三三两两地往上升;有的一定也是和小红鱼一样闹过脾气的,红了脸,钻到水草里去,只露出一只眼睛向外瞧着。原来刚进东山口村时,虾公公说什么不知天高地厚,就是教训小红鱼,他嫌住得还不够舒服,自己又不动手收拾,怕困难,闹脾气。春儿想,无怪进湖来时,小红鱼也噘着嘴。

春儿望着小红鱼,小红鱼也望着她,半晌悄声说:"咱们一定能把这湖变得更好,确实不该瞎埋怨。"

春儿没有接他的话,却说:"修这大坝,我是亲眼见的。"

可不是么?那炸山的云雾遮满了天,那起坝的黄土铺满了地,人马联成线,铁轨结成网。那建设天堂的坚强意志,那移山倒海的雄伟气魄呵,春儿真想大声唱,大声唱,我们伟大的祖国,飞驰的祖国——凭那气势什么做不成呢。

猛听见轰然声响,又是开山么?虾公公、小红鱼和别的鱼儿们都不见了。春儿眼前,只剩下一片透明的蓝,无边的蓝……

春儿忽见自己正好好地坐在柳树底下那块大石头上,学校的悠扬的钟声,正在回响。一群水鸭子,背上驮着朝阳,从芦苇丛中出来,掠过湖水,向远处飞。这才猛然想起该上课了,忙站起身往学校跑去。一路上想,修湖的精神永不能忘!真的,湖都是自己修的,龙都降伏住了,难道那几个数目字,就不能让它们听话?

朝日东上,早霞绮辉在湖面上织成一片锦绣。大坝顶头上矗立着的石碑上写着"十三陵水库"几个大字,闪着火红的光彩,直指向高高的明净的天空。

1961 年 5 月

(原载《人民日报》1961 年 6 月 25 日)

花 的 话

春天来了,几阵轻风,数番微雨,洗去了冬日的沉重。大地透出嫩绿的颜色,花儿们也陆续开放了。若照严格的花时来说,它们可能彼此见不着面,但在这既非真实,也非虚妄的园中,它们聚集在一起了。不同的红,不同的黄,以及洁白、浅紫,颜色十分绚丽;繁复新巧的,纤薄秀弱的,式样各出新裁。各色各式的花朵在园中铺展开一片锦绣。

花儿们刚刚睁开眼睛时,总要惊叹道:"多么美好的世界,多么明媚的春天!"阳光照着,蜜蜂儿、蝴蝶儿绕着花枝上下飞舞,一片绚烂的花的颜色,真叫人眼花缭乱,忍不住赞赏生命的浓艳。花儿们带着新奇的心情望着一切,慢慢地舒展着花瓣,从一个个小小的红苞开成一朵朵鲜丽的花。她们彼此学习着怎样斜倚在枝头,怎样颤动着花蕊,怎样散发出各种各样的清雅的、浓郁的、幽甜的芳香,给世界更增几分优美。

开着开着,花儿们看惯了春天的世界,觉得也不过是如此。却渐渐地觉得自己十分重要,自己正是这美好世界中最美好的。

一个夜晚,明月初上,月光清幽,缓缓流进花丛深处。花儿们呼吸着夜晚的清新空气,都想谈谈心里话。榆叶梅是个急性子,她首先开口道:"春天的花园里,就数我最惹人注意了。你们听人们说过吗,远望着,我简直像是朵朵红云,飘在花园的背景上。"人家一听,她把别人全算成了背景,都有点发愣。玫瑰花听她这么不谦虚,很生气,马上提醒她:"你虽说开得茂盛,也不过是个极普通的品种,要取得突出的位置,还得出身名门。玫瑰是珍贵的品种,这是人所共知的。"她说着,骄傲地昂起头。真的,她那鲜红的、密密层层的花瓣,组成一朵朵异常娇艳的不太大也不太小的花,叫人忍不住想去摸一摸,嗅一嗅。

"要说出身名门,——"芍药端庄地颔首微笑。当然,大家都知道芍药自古有花相之名,其高贵自不必说。不过这种门第观念,花儿们也都知道是过时了。有谁轻轻嘟囔了一句:"还讲什么门第,这是18世纪的话题!"芍药听了不再开口,仿佛她既重视门第,也觉得不能光看门第似的。

"花要开得好,还要开得早!"已经将残的桃花把话题转了开去,"我是冒着春寒开花的,在这北方的没有梅花的花园里,我开得最早,是带头的。可是那些耍笔杆儿的,光是松呵,竹呵,说他们怎样坚贞,就没人看见我这种突出的品质!"

"我开花也很早,不过比你稍后几天,我的花色也很美呀!"说话的是杏花。

连翘忙插话道:"论美丽,实在没法子比,有人喜欢这个,有人喜欢那个,难说,难说。倒是从有用来讲,整个花园里,只有我和芍药姐姐能做药材,治病养人。"她得意地摆动着柔长的枝条,一长串的小黄花都在微笑。

玫瑰花略侧一侧她那娇红的脸,轻轻笑道:"你不知道玫瑰油的贵重吧。玫瑰花瓣儿,用途也很多呢。"

白丁香正在半开,满树如同洒了微霜,她是不大爱说话的,这时也被这番谈话吸引了,慢慢地说:"花么,当然还是要比美。

依我看,颜色态度,既清雅而又高贵,谁都比不上玉兰。她贵而不俗,雅而不酸,这样白,这样美——"丁香慢吞吞地想着适当的措词。微风一过,摇动着她的小花,散发出一阵阵幽香。

盛开的玉兰也矜持地开口了。她的花朵大,显得十分凝重,颜色白,显得十分清丽,又从高处向下说话,自然而然便有一种屈尊纡贵的神气。"丁香的花真像许多小小银星,她也许不是最美的花,但她是最迷人的花。"她的口气是这样有把握,大家一时都想不出话来说。

忽然间,花园的角门开了,一个小男孩飞跑进来,他没有看那月光下的万紫千红,却一直跑到松树背后的一个不受人注意的墙角,在那如茵的绿草中间,采摘着野生的二月兰。

那些浅紫色的二月兰,是那样矮小,那样默默无闻。她们从没有想到自己有什么特殊招人喜爱的地方,只是默默地尽自己微薄的力量,给世界加上点滴的欢乐。

小男孩预备把这一束小花插在墨水瓶里,送给他敬爱的、终日辛勤劳碌的老师。老师一定会从那充满着幻想的颜色,看出他的心意的。

月儿行到中天,花园里没有再开始谈话。花儿们沉默着,不知怎么,都有点不好意思。

1963 年

(原载《人民文学》1978 年第 6 期)

吊竹兰和蜡笔盒

妈妈的书橱上,摆着一盆吊竹兰,它的叶子很有意思,整个叶子是一种鲜嫩的浅绿色,周围有一圈绛紫色的边,当中还有一道宽宽的绛紫色,就好像谁的画笔在上面涂抹了一番似的,但这是吊竹兰自己的颜色和式样,是吊竹兰自己的生命的表现。叶子有一点儿绒毛,闪着轻盈的光泽,一束束地垂下来,把书橱的玻璃门掩住一小半。

妈妈要出差,临行前把家里的事安排好了,最后问爸爸和小玉:"谁管这盆吊竹兰?"

"我管!"小玉举手说。

爸爸说:"小玉说大话!"

但妈妈含笑点了点头,就这样决定了。

对一个一年级小学生来说,世界上有多少重要的事啊!新的学校,新的书本,新的人,新的事,都是特别重要!小玉心里,充满了这些特别重要,哪里还想得起吊竹兰呢!

一个晚上,小玉睡了。一会儿,听见有人在哭。小玉问:"是小娃娃吗?你也想妈妈了吗?"但那不是小娃娃,小娃娃好好地睡在她的纸盒做的床里,身上盖着花手帕,整整齐齐,一点儿没有乱。

"那是狗熊吗？你头疼了是不是？"但也不是狗熊。这狗熊已经过好几个孩子的手,耳朵掉了一个,小玉总认为它在头疼,这时它还是瞪着一双大眼睛,温驯地看着小玉。

哭声还是不停,小玉坐了起来,听出哭声是从书橱那边发出来的。小玉马上明白了,在哭的是吊竹兰！在淡淡的月光中,可以看见它那长长的花茎因为抽噎而不停地扭来扭去。

小玉刚想说话,却听见书橱上一个沙沙的声音说:"不要哭了,你不是还活得好好的吗？"

吊竹兰边哭边说:"我不能光活着,我还得是我自己。你看看,我的颜色都没有了,我还算是吊竹兰么？"

书橱上说:"那不要紧,我可以给你画上红的、蓝的、黄的,你要什么颜色就画上什么,比你本来的紫色还好呢。"原来说话的是小玉的蜡笔盒。那是个瘦长的塑料盒子,底是蓝色的,盖子是透明的,盒子里露出一排各色的蜡笔。这是小玉很喜爱的东西,但这时她觉得那沙沙的声音很讨厌。它一面说着,一面站了起来,一跳一跳地到了吊竹兰身边。

"那可不行！"吊竹兰大叫一声,小玉从没想到看来这样柔弱的植物会发出这样大的声音,她不觉坐得直一些,表示对它的敬意。

"嘿！不必这样大动肝火嘛！"蜡笔盒笑了,"给你涂上红颜色吧,你就更好看了！说不定什么时候,把你送进什么高级植物园里去——举世无双的红吊竹兰！"

"我不要别人给我涂什么颜色,我要的是我自己,要的是从我自己生命里发出来的颜色。懂么？"吊竹兰平静了,认真地、坚决地说。

"原来你是一个我行我素、自高自大、任性的东西！"蜡笔盒的口气好像是恍然大悟。

"这些和我可从来没有关系!"吊竹兰似乎笑了,"你不会懂的,因为你没有生命。"

蜡笔盒沉默了,它可能要想一想"生命"是怎么回事罢。小玉却想问一问,为什么吊竹兰要它自己从生命里发出来的颜色。但她听见开门的声音,爸爸从图书馆回来了。

爸爸进来,只见小玉好好地睡着,小房间里静悄悄地没有一点儿声音。

第二天小玉一下床,就跳到书橱边看那盆吊竹兰。吊竹兰的叶子成了一片灰色,那绛紫色的边没有了,明亮的绿色也没有了,好像一幅美丽的图画,画上好看的东西都不见了,只剩下一张旧的、灰黄色的纸。

"我应该浇水!"小玉猛然明白过来。

从这天起,小玉每天给吊竹兰浇水,清水渗进了泥土,吊竹兰又慢慢地有了颜色,绿和绛紫色很分明了。她很希望爸爸表扬她,但爸爸什么也没有看见。

又是一个夜晚,小玉从睡梦中醒来,听见喊喊喳喳说话的声音。

"你这回真高兴了!"这是蜡笔盒那沙沙的声音,"瞧你多精神,多漂亮!"

已是月圆的时候了,月光照进窗来,满室一片乳白色的光辉,映在吊竹兰叶子上,叶子闪闪发亮。

"好看!"小玉心里赞叹道,一面坐起身来,想看得更仔细些。

"我并不是要好看,"吊竹兰说话了,它的颜色在月光下显得既柔和又鲜明;花茎轻轻拂动着,好像在做着手势,"我要的是我自己的颜色。"

"其实涂上去不一样么?要什么颜色就涂什么颜色,多简便!"蜡笔盒站起身来,转了一个圈,在月光中显示一下它拥有多少颜色,都是随时可以涂抹的。

"什么颜色行时,就涂上什么,对不对?"吊竹兰又激动起来。

"你自己就永远是这个样儿,不能改变么?"蜡笔盒向后退了两步。

"我从来不拒绝改变。但那必须从我自己的生命里发出来——尽管那很痛苦,很艰难——"

"你把很容易的事看得很难!"

"因为我有生命,而生命并不只是活着。"吊竹兰又提到了生命。小玉觉得自己像那蜡笔盒一样的笨了,甚至都不知道应该怎样提问题。

爸爸还没有回来呢,可谁都不说话了。小玉有些遗憾,只有月光温柔地抚摸着房间中的一切。

又过了几天,妈妈回来了,小玉第一件事便是拉着妈妈的手去看吊竹兰。吊竹兰鲜明的颜色在白纱窗帷旁闪动着。

"吊竹兰长得好,它的颜色这样分明。"妈妈高兴地说。

"你知道吊竹兰说些什么?"小玉拉着妈妈的衣襟,仰着小脸看着妈妈。

"在我还是你这样的小女孩的时候,我听见了。"妈妈笑着,一下子把小玉抱了起来。

1978年底

(原载《北京文学》1979年第2期)

露珠儿和蔷薇花

这个园子里,樱花开得如雪,在月光下闪着一片银光。然而不过三天光景,全没有了踪迹。过不多时,这里便全是各种颜色的蔷薇花的世界了。

先开的是金黄色的,颜色相当深,却是十分活泼润泽,像是阳光照在大海上闪着的金波;后开的是白色的,花朵比较大,花瓣儿也比较繁茂,每一朵都是一件艺术品;现在轮到了粉红的和大红的,花园里热闹异常。

粉红色的蔷薇正在盛开,它那颜色是这样娇嫩,叫人真想去碰碰它,而又不敢挨近。花枝儿从架子上垂了下来,枝上一簇簇花中,有一朵最大的,随着悬空的枝条轻轻摆动,显得格外鲜艳夺目。

"这朵花真鲜艳得出奇!"过路人总要停下来看它。

"粉红色"越想越觉得自己美丽。尤其是在清晨,它刚刚睡醒,花瓣上还留着一滴滴细小的露珠,那模样真像是在流动,在微笑,生意盎然,逗人喜爱。

"我真美呀!"它自我陶醉了,"我美极了。"

花瓣上的露珠儿轻轻转动着,却不说话。

"我,太美了。""粉红色"简直在唱了。

"你是美,可别忘记是靠了许多别的力量,才有你的今天。"露珠儿轻轻地提醒它。

"什么别的力量?""粉红色"生气了,花瓣都翘了起来,"是你这样说么?露珠儿!短命的露珠儿!"它轻蔑地说。

"想想看,泥土、雨水、根、枝,还有人们来种,才能有你。"

"他们愿意如此,他们也必须如此,因为我美!"

露珠儿不说话。太阳升起了,和暖的阳光照得露珠儿闪闪发亮。

"你,恐怕就要死了吧?""粉红色"说。

"任何生命都是有限的。"露珠儿笑道,"只要在短暂的时间里,做出自己应有的贡献,那也就该满意了。"

"粉红色"觉得一阵凉飕飕的,露水正在渗进它的茎中。

"你,你也配跟我在一起么!""粉红色"大怒,用力摇着头,把亮晶晶的露珠儿纷纷地摇落了。

露珠儿不说话。它落在地上,就渗进泥土中了。

太阳越升越高了。往常这时,"粉红色"总是觉得很温暖,现在却觉得干燥得很,润泽的花瓣打起了皱褶。"奇怪!"它喃喃地说。一面用力想把花瓣伸平,想要笑得好看一些,却都失败了。它觉得非常疲乏,茫然地看着明朗的阳光在密丛丛的各色花朵上轻轻浮动。

邻近的深红的蔷薇正高兴地迎着阳光,伸展着花瓣。层层花瓣,都泛着鲜红的光泽。

"它多美呵。"花园里响起了一片赞叹的声音,是鸟儿和小草,树叶和轻风的议论。

"这不是我——是靠了大家——"深红的蔷薇怯怯地说。

"它也说这种话了!""粉红色"不以为然,想讽刺它几句,但竟说不出话来,它拼命颤动着花瓣,花瓣儿一片片飘落下来,落在地上。

到了下午,这朵"粉红色"的大花朵就过早地凋谢了。这丝毫没有影响花园的美丽。深红的花开得火艳艳的,粉红的花丛中在陆续吐着新苞。

又是一个清晨,花朵上滚动着亮闪闪的露珠,显得那样的新鲜,那样活泼。露珠儿干了,花朵更加鲜艳,仿佛在发着光彩。

过路人看着这些花朵,都在说:"真叫人高兴呵,好像自己都年轻了!"

这一片青春的、绚烂的颜色,给世界增添了力量。

1963 年

(原载《儿童时代》1979 年第 11 期)

书　魂

大屋子,长窗户,明亮的阳光照着满地乱堆着的书籍杂志,屋里显得又拥挤又空荡。妈妈和孟阿姨从早便在这里找一本旧书,一本很有价值的旧书,直到现在还没有找到。

采采拘谨地坐在角落里。她硬拉着妈妈的衣襟不放手,跟来上班了。妈妈苦笑说,就让她待在这儿吧,她答应不捣乱的。

有人来叫妈妈和孟阿姨开会。"你别动这些书,我就回来。"妈妈轻声嘱咐。妈妈知道,采采走起路来,经常左右劈里啪啦往下掉东西,不管碰到什么都毫无感觉,只管摇着小身子向前冲。

屋子里静悄悄。采采仍拘谨地坐着。过了一会儿,她站起身向窗外张望。又过了一会儿,她蹑着手脚绕过一堆堆的书,走到窗前。她只要记得,还是愿意听话的。

窗外有几簇月季花,仰着脸儿,傻乎乎地看着采采。"瞧你们的傻样儿,都不会跟我玩!"采采说。

"喂——"有人招呼采采。她忙转过身,忽见满屋子都是铅笔长短的小人,或坐或站,各在一本书上。屋里顿时热闹起来。

采采好生奇怪,哪儿来的这么多洋娃娃呵!但他们一点儿不像一般的洋娃娃圆圆胖胖的,他们很瘦小,有些简直像影子在晃动,看不清楚。采采伸手想抓住一个,劈里啪啦! 一摞书倒了。"小心点,小心点!"小人们大叫。

"喂——"离她最近的一个小人招呼她。那小人的根据地是一本装帧精美的书,花呢书面烫金字,他正神气地站在书上,向采采招手。

"你们找的是我吧?"他问,声音很大。

"我不知道,要问妈妈。"采采仔细看他,好向妈妈描述。但她无论怎样睁大眼睛也无法看清他的脸面,他的衣服。他似乎是一团半透明的具有人形的雾。采采马上在心里叫他"雾人"。

"请到我家来玩吧。"雾人像煞有介事地躬身邀请采采。

"我要问妈妈。"采采说着,却不觉向那本书走过去。忽然间,那书立起来了,花呢书面变成有着同样花纹的大门,门敞开着,烫金字变成匾额挂在门上。采采尚未移动脚步,就滑进了大门。门里轻雾缭绕,景色似很壮丽,但如同挂着纱帘,若隐若现。仔细看时,可以看见,在远处绿树丛中朱红楼阁上飞起的屋檐。

采采往里面走,看着四周的景致,渐渐觉得这景致好像是舞台布景,大概是灯光打出来的幻灯片吧。它们随着雾气流动。走着走着,雾慢慢消了,那些树木峰峦、亭台楼阁都不见了,只剩下一片光秃秃的土地。土地上是一排排光秃秃的木板,竖在那里。再仔细看,那木板都是一个个方块字拼成的。

在一排木板中间,那雾人正忙着,他在绑住那些字。采采奇怪这雾人怎么能有力气,他本身不过是一团雾罢了。奇怪的是,虽是一团雾,他倒是神气十足的,这很容易看出来。

"如果不绑住,就散了。"雾人说。说话间就有一块木板正在稀里哗啦坍下来,满地都是方方的字块。

"快来帮忙!"雾人命令采采。他着急地抱住一大堆字块,但还是神气活现的样子。"这些字板都倒光了,我也就消散了。"他解释道。

采采帮他拼了几块,心里想:"要是这样拼字块也算一本书,一年级小学生都会做的。妈妈要找的书,不是你。"她做了一会儿,歇手看着那些木板,觉得没意思。便向雾人告辞。

这时又有一块板散了下来,雾人忙着对付。采采往回走,几步便到了大门。门关着,采采伸手去推,但什么也摸不着。她径自往前走,毫不费力地出了大门,好像穿过了一个影子。

她又站在大房间里了。这次她看见许多的门。有的像故宫那样有个门楼;有的像外国图画上的,两边有尖尖的柱子;还有普通的房门。"再到哪里看看才好。"采采想。各式门之间,还有许多书散乱地堆在地上。忽然书本上又出现了各样的小人,他们对采采喊:"转过去!转过去!"采采转过有门楼的和有尖柱的大门,看见一个破旧的门,大概从未油漆过,颜色已经黄黑,门上贴着封条,还贴着些乱七八糟的标语。采采不懂那些貌似文明的恶谥,好奇地望了一阵。

"怎么能进去呢?"她自忖。

"挤进去!挤进去!"书上的小人一起喊。

她看见门的下部有一条裂缝。"挤挤试试。"她想,便拼命往门里挤。好家伙!这门是实在的,可不是一团雾。她用足力气,就像那天跟妈妈坐公共汽车那样,挤啊挤的,吧嗒!她掉到门里了。

眼前是多么绮丽的景色啊。满地的绿草,各色鲜花,像一条花绒毯,可以在上面翻筋斗、竖蜻蜓。稍远处有一眼望不尽的树木和竹林。再远处有几座石笋般的山峰,峰腰间缠着轻云,比跳舞的阿姨挥动的白纱还好看。

"要是妈妈也来就好了。"采采想,"不过我可以讲给她听。"忽然间,不知从哪里飘来一阵隐约的歌声。采采侧耳听了一会儿,便随歌声往山上走去。山峰的形状都很奇妙,山色不断地变幻,好像早霞或晚霞那样,一会儿不闲着。景物在变幻中闪着温柔的光,亮晶晶的,有些腼腆,像星星似的。

采采很快来到了山腰,脚下还是繁花绿草,远处一层层山,闪着青光。听!那缥缈的歌声近了些,清楚了些。声调悠扬婉转,唱得人心里发颤。走着走着,歌声下出现了滚滚的雷声。采采转过山腰,眼前只觉白花花一片,隆隆的声响震耳欲聋。原来是一个大瀑布,在山谷间奔腾而下,冲洗着污垢,水中露出几条破烂的标语。水汽蒸腾上接云天。"妈妈!"采采有些害怕,不觉叫了起来。

在瀑布的巨大声响上,飘荡着那高亢的歌声,采采很觉安慰。她很快领会了流水的力量,不害怕了。反而高兴起来。"冲啊!冲啊!"她笑着叫嚷,兴奋得好像听见了少先队的鼓号队在吹奏。

她看了一会儿,再要往前走时,水花和山间的云雾聚在她脚下,把她托了起来。她飘飘荡荡地落在一个有山有水,有树有花的地方。在一座碧绿的小屋前,一个小人站在那里向着山和水唱歌。

那美好的歌声把人引向更美更好的东西,那是什么呢,采采说不清。她只觉得自己的心在歌声里越来越丰满,头脑越来越清醒,她想这时再让她做那搅做一团的算术题,她大概会的,她还要帮助不会的同学呢。

她心里叫这小人做"歌人"。歌人身后的小屋也发着光,色泽鲜嫩,看上去温软光滑,那是一大块碧玉筑成的。采采很想摸一摸。

歌人发现有人,停住唱歌,转身微笑地看着采采。他的轮廓十分清楚,但采采始终无法向妈妈描述他的容貌服饰,只能说他是个漂亮的人。

"几十年了,我的门关着。"歌人说,"我多么渴望你们能看到这里的一切。"

"我们总会来的。"采采轻轻地说。

"几十年了,我的门关着。"歌人又说,"这里的美和智慧,是属于你们的。"

"这就是妈妈要找的书了。"采采直觉地想着。她随即看见歌人的脸上发出温柔的光,就像那山和水发出的一样。

"我在屋北角第二摞最底下。"歌人微笑道。他脸上的光辉,碧玉小屋的光辉,还有山和水的光辉,交映在一起,整个的景色显得出奇的美。歌人又唱起了歌,歌声飞扬,山水响起和谐的共鸣。采采十分感动,那种感觉,就像妈妈在抱着她似的。

歌人还在唱。采采知道,虽然他的门关着,他一直在不停地唱;他也会一直唱下去,哪怕他的门永不打开。但人们不会忘记他的歌声,总要来寻找,而且总会找到他的。

门开了。妈妈和孟阿姨走了进来。采采张开两臂向妈妈跑去,虽然跑,却小心地不碰地下的书。书里的世界,多有意思呵!"妈妈!妈妈!找到了!我找到了!"

等妈妈真从屋北角第二摞最底下找出一本打满红叉的破书时,妈妈那素来温柔的眼色更加柔和了,眼睛里闪着亮晶晶的泪光。

"你可真了不起呵,采采!"孟阿姨惊诧道,"用书的人该多高兴!这是一本重要的科学书。"

"原来不是歌本儿。"采采想。她不认识用书的人,却为那本书的歌人高兴。至于那忙着把字一块块绑在一起的雾人么——让他消失了也好。

1980年春

(原载《人民文学》1980年第6期)

贝 叶

她生下来,像任何一个婴儿一样,红皱皱的,张着没有牙的嘴用力哭。她那虽然年轻、已显老相的母亲,轻轻拍她,低声说:"不要哭,啊,不要哭。再哭老怪就来了。"

她不懂母亲的话,也不知老怪和她会有什么关系,却真止住了哭,用她那还什么也看不见的眼睛,仔细认真地张望着世界。

她的世界是一个树枝编成的摇篮,里面垫着落叶。纸窗外,风吹得树木瑟瑟地响,树叶一片片飘飘荡荡落了下来。母亲摇着她:"宝贝,贝贝——"一片小小的黄叶落在窗上。"贝——叶。"母亲说。那便成了她的名字。全村人谁也不知道贝叶是贝多罗树的叶子,应该在上面写佛经。

贝叶渐渐长大了。她不只听见树林在响,也听见远处大海的波涛声。大海似乎是很可怕的地方,老怪便住在里面。她在村外山口踮着脚尖向远处望,常常看见正在发怒的大海,竖立的波涛仿佛连天都要卷进去。

据说大海原是仁慈慷慨的,每次潮落,都留下许多好东西,人们像赶集一样去"赶海"。自从老怪霸占了这片海,海给人的只剩下了恐惧。"老怪来了!"年复一年,母亲们这样吓唬孩子。年复一年,人们在海边排列着供品,有猪羊鸡鸭,各种粮食,主要的一件是一个人。像许多民间传说一样,妖魔要吃人。不过这老怪要的不是童男童女,是十五岁以上的大人。

这一带村庄每年抽签,十五岁以上的人都参加。谁抽到一张画着黑十字的纸,谁就是供品。人们战战兢兢地过日子。贝叶长到了十五岁,管事的人让她抽签,她说:"不必抽签了,我愿意去!"

人们说她因为有了这样一个怪名字,所以才这样傻,傻到自己往妖魔嘴里送。"可是总得有人去啊。"贝叶想,"总得有人降魔捉怪,不然人怎么活呢?"

她临行前,在小屋前的树上折下一段树枝。母亲流着泪问:"带它做什么?""家里的东西,可以壮胆。"贝叶回答。母亲大哭了,一面把树枝修整成一根光洁的木棒,乳白的颜色中透出浅浅的青绿,一头尖尖的,另一头有一簇赭色的叶。

贝叶手持木棒,和猪羊供品一起,站在沙滩上。海水一个浪头接着一个浪头往岸上冲来,浪头越来越高,像一座座活动的大山,浪头落下时,发出轰然巨响,水柱从空中浇下来。贝叶不停地发抖,但却仔细认真地看着海浪,不肯眨一下眼睛。

"哈哈哈!"忽然,一阵令人毛骨悚然的长笑,从一座高可接天的浪峰中传出,紧接着,竖起的巨浪里露出一个巨大的龙头,张须怒目,向着海岸扑来。

贝叶举起手中的棒。在荒凉的、没有人烟的沙滩上,这样娇小的一个人儿,举着一根细细的棒,来对付咆哮的海中的狰狞凶恶的大龙。

"哈哈哈!"无怪乎老龙笑了,但他停住了。摆上宴席的菜肴自己带着武器,他还是第一次看见,哪怕仅只是一根树枝。他看见贝叶的长发在海风中飘拂,她那湿透了的衣衫在惨白的骄阳中发着光,好像是一身铠甲。她的眼睛,那从小就认真看着世界的眼睛,亮得要喷出火来。

"你是谁?"龙的声音并不难听。浪峰随着他站住,好像一堵巨大的玻璃墙,墙中嵌着威严的龙头。

"我是贝叶。"贝叶小心地握着尖尖的木棒。

龙沉默着,海水也沉默着。忽然,海水汹涌起来,隐约可以看见龙的雄伟身躯在水中翻动。龙大声问道:

"你嫁给我,好吗?"

"我来,就是要嫁你的。"贝叶回答。

"哈哈!"龙又笑了,"你自己走下海来!"他威严地命令。转眼间,滔天的浪,巨大的龙头都不见了,岸上的猪羊等物也不见了,只有贝叶孤零零地对着碧蓝的平静的大海,头上是惨白的骄阳。

村人在远处山口看见龙退去了,贝叶留着。他们跑下山,大声呼叫:"贝叶,回来!回来呵,贝叶!"

贝叶没有回头。她从木棒上摘下一片叶子抛在海面上,叶子滴溜溜转着,越来越大,贝叶跨上去,叶子便向海中心漂去,在茫茫大海中,很快就看不见了。

跑到山脚下的人们,错落地跪了下来。

叶船在茫茫大海上疾行如飞,贝叶的长发向后飘拂,如同一面墨黑的帆。船很快来到一个大漩涡,海水在漩涡里旋转,小船旋了进去,像顺着螺旋形滑梯似的向下滑,贝叶落到海底。她看见自己站在一个拱门前。拱门是红白两色珊瑚树交叉形成的。"哈哈哈!"随着笑声,一个中年男子走出来。他的头呈方形,虽然有人的端正五官,却仍有魔怪的狰狞意味。

半秃的头顶使他显得有些疲惫。他引贝叶进了拱门,又进了一个大岩洞,转了几个弯,来到一个大厅。厅中四壁亮闪闪的,如同缀满雪花。正面墙上一长串白色的球,贝叶定睛细看,不觉用手紧握住木棒。原来那都是人头骨!那都是她邻舍乡里,可谁是谁,再也分不清。

"你是来嫁给我了!哈哈!"龙笑道。

"不过有一个条件,"贝叶手持细木棒站在厅中,神气如同持着一根王杖,"你永远不能再吃人。"

"哦,哦!"龙觉得很好玩,"你是奸细么?"

"我是人。"贝叶回答。

龙答应了。贝叶住了下来。她是个很好的妻子。把凌乱的洞穴收拾得舒适宜人。她给龙吃人的饭食。甚至在海底开了个小菜园,在海礁、珊瑚之间搭了些豆棚瓜架。一年以后,贝叶生了一对双胞胎,一男一女,十分可爱。他们的摇篮是大贝壳,里面铺满海藻。龙到晚上总是恢复龙的身躯,伸展在岩洞中。起初,他不让贝叶看见他的睡态,等有了孩子,他要贝叶和孩子睡到他头边,好随时看见他们。他还常让贝叶在龙鳞上按摩,催他入睡。

三年以后,孩子会满地跑了,他们看见厅中的一长串人头骨。"那是什么?要!要!"小手指着人头。贝叶把他们哄开去,把人头一个个深深地埋进海底。龙总是爱仔细观察自己的家,他对这个家很满意。他很快发现大厅中少了这重要的装饰。"人头哪里去了?"他咆哮起来。

"不要了,不吃人了。"贝叶微笑。

龙大发雷霆,蓦地现出原形,粗大的身躯在水中翻腾,海底都晃动起来。"那是我的法宝!"龙头逼在贝叶跟前叫道,呼吸把贝叶的长发吹得根根竖起。"人头越多,我的力量越大!"是的,罪孽往往是与力量成正比的。

贝叶拉着两个孩子,伤心地看着龙的狰狞的头。

"你要我永远不吃人?没有那样的事!"龙说,"好在我还有——"

"还有什么?"贝叶镇定地问。

"——还有大海的力量!"龙得意地笑了,"你这奸细!你能奈何我?!"他因为得意,不一时便消了怒气。贝叶渐渐知道,龙的秘密在从头顶数起第九块龙鳞里。她每次按摩时,龙绝不让她碰那一块鳞的。贝叶不想伤害他,只要他不伤害人类,她是要一辈子伴着他的。她甚至有些可怜他,他那样大,那样蠢——"也许有一天他又会吃人。"贝叶想,望着他的睡态,心里的一点儿怜惜忽然冻住了,冻得像铁一般硬。"那——我就杀了他!"

十年过去了。一天,龙从外面回来,还是中年男子的模样,方脸上带着笑意,颈上沉甸甸地挂着什么。贝叶细看时,见那是一串人头骨,新鲜的人头骨,海水还没有洗去上面的血迹。贝叶又恨又怕,发起抖来,就像当年在沙滩上一样。

"你吃了人?"

"我痛痛快快吃了一顿!补偿十年的斋戒!可不是在你的村庄。"龙笑着,把项上的人头挂在大厅中,厅中的雪花登时发出凄惨的光。两个孩子高兴地跳上去看。"这是什么?""这是好东西,你们长大也要吃!"龙一手一个抱起两个孩子,让他们看。孩子们嬉笑着,真以为是好玩的东西。一会儿,龙躺下休息,他一躺下,立刻仍化为龙。

贝叶悄悄地找到她的细木棒。她几乎想不起把它放在哪里了,她多荒唐!木棒一点儿没有变,仍旧像离开家乡时一样,颜色乳白,泛着浅浅的青绿。她用木棒撬开第九块龙鳞,发现里面满是晶莹的细珠子,光华四射。珠子很快流进水中,而且立即消失了,没有一点儿痕迹。贝叶伸手抓捞,什么也摸不到。长发垂下来,触在流淌的珠子上。轰的一声,贝叶满头烧起熊熊的火焰,就像长发在大风中飞舞一样,红的火舌在她头上飞舞。贝叶吃惊地站起身,又镇定地用力把木棒向第九块龙鳞下狠狠戳进去。

只听天崩地裂一声巨响,龙猛然扭动身躯,向水面腾起。洞穴坍了,大石一块块倒下来。海水咆哮着竖起一个个浪峰。人头本来应随着大龙供他驱使,现在他已失去海赋予的力量,便一个个给岩石压碎了。海面上风雨大作,雷电交加,贝叶头上的火照亮了黑夜。海水浇在火焰上发出吱吱的响声,火却越烧越旺。木棒已变为利剑,贝叶持剑一次次向龙刺去。龙都勉强躲过了。贝叶也躲过了龙的尖牙、利爪和尾巴。这一场恶斗几乎把海翻了个个儿。龙已伤了元气,行动越来越迟缓,斗了一阵,贝叶一甩满头的火焰,一剑斩下了龙头。龙的身首各自腾地跳出水面,然后重重地落下,沉向海底。

贝叶举着剑看龙会不会再上来,忽见两条小龙向她扑过来,她举剑挥去,两条小龙的头都落进海里,小龙的身子立即变成两个无头孩子,站在水面上。

贝叶愣住了,半天才喊出来:"我的儿!我的女!——你们跟着爹爹去吧!"遂掉首不顾,从木棒的一端摘下一片叶子,抛向海面,叶子转眼变成小船,她纵身跃上,叶漂如飞,直奔岸上。

海水汹涌着追她,一个浪头又一个浪头打了下来。波涛中响着清脆的孩子的哭叫声:"妈妈!妈妈!"贝叶回头望时,见她的儿女在浪头上赶来,四只小手向她伸着,"妈妈!妈妈!"声音是从肚脐发出来的。

贝叶头上的火向上蹿了一尺多高。她随手在波浪中斩了一个鱼头,一个虾头,扔给她的孩子。孩子有了头,各自凸着眼睛盯着母亲,从鱼嘴和虾嘴里叫着妈妈,扑在船边。贝叶拉他们上了船,一直漂到岸边。风吹着她头上的火焰,像一面血红的帆。

朝阳正在升起,照得海面红彤彤的。远处山上,一片绿树,掩映着竹篱茅舍。贝叶心中像流过了一缕甘泉。"家乡,我的家乡——"她恨不得一步走到自己的村庄,看看隔绝多年的母亲,看看门前的树,木棒是从那树上取下的。她走着,头上的火苗飞舞着,两个小孩畏怯地牵着她的衣襟,沙滩上显出缭乱的黑影。

她走到山脚下,听见一个老人和一个孩子在说话。

"十年前,贝叶就从这里下海去了。"

"她为了大伙儿去的,是吗?""是的。""她还回来吗?""她为大伙儿嫁了老龙,不回来了。"

"我回来了!"贝叶高兴地说,顺着石阶向山上跑去,刚转过一个山坡,说话的两人就吓得大叫,拔脚往村里逃。"妖怪来了,老怪派来的!"老人用力地嚷,拼命拖着接连摔跤的孩子,转眼逃得不见影踪。

贝叶觉得十分寒冷,比这么多年在冰冷的海底还要寒冷。她站住了,看看自己孩子的鱼头和虾头,看看自己头顶的火焰在山石上投出的跳动的影子,"我不回来——不能回来了。"她认真地仔细看着不远的村庄,那里已经是人声鼎沸,一片惊恐的气氛。她弯腰抱着孩子,头上的火越烧越大,母子三人很快成了一个火团。

村中有婴儿落地的啼哭声,那红皱皱的婴儿不用担心妖怪了。通红的火团中,贝叶仍认真地向村庄看着,随即慢慢地闭上眼睛。

惊恐过后,村人走出村来下田下海,一切是这样宁静,好像这里从没有过异常的事。只在路旁,有一堆新烧的灰烬,在朝阳下闪闪发亮。

1980 年 10 月
(原载《当代》1981 年第 4 期)

石　鞋

　　从山脚循着小路蜿蜒而上,到了一处峭壁,似乎是无路可走了。仔细看时,可见石阶在前,一阶阶上去,宛如从壁顶挂下一个梯子,大概有一千层罢。上到梯顶,从狭窄的山口转过去,便看见全然与人世不同的天地。

　　这是石头的世界。宽阔的山谷布满各式各样的怪石。一丛丛巨大的石笋拔地而起,云雾缠绕在笋节上。一边有几个可以附会为人像的石块,有的在走,有的在坐,有的俯首沉思,有的向远眺望。还有巨大的方整的石块垒起的断墙残壁,似乎这里也有过文明。在山谷深处,有一个孤零零的高大的方形石柱,柱顶端正地放着一双石鞋。鞋子是方头的,有书桌面大,式样古拙,在朝阳的光辉里升起淡淡的白烟。

　　石鞋的主人也是山谷的主人——山精。山精在这里不知住了多少年了。他每个黄昏都要穿上石鞋到峡谷外面去,照料着山上的一切。他一站在鞋里,鞋就变小了,不过穿起来还像小孩穿了大人鞋一样。他会飞,但是他喜欢走。一步步踏在石、土、草和苔藓上,他觉得自己是和山连在一起的。每天清晨,石鞋里都是湿的,他就把它放在石柱顶上,让它们在阳光里晒干。

　　他是个英俊的小伙子。春天穿一身碧草般的绿衣,夏天披着嫣红的云霞,秋天的穿着是收获的金黄色,冬天则是白色的毛茸茸的衣服,那是雪花做的,对于山精来说,足够暖和了。他的脚下,四时都穿着那双硕大的石鞋。

夏天的雨水很淘气,它们落地后,有时在石缝里乱流,不肯汇集在一起。这就影响了飞瀑千尺的壮观,山精得去管束。他还要清理秋天的落叶,他能吹起一阵大风,让落叶排着队落进山坳。白雪使得各样巧石披上银的铠甲,山精高兴地在石中雪中独个儿捉迷藏。他最喜欢的,是唤醒鲜嫩的春花了。他认真地用石鞋踩着柔软起来的土地,一路吹着婉转动听的口哨,告诉花儿们春的消息。于是在石岩间、长松下,露出了一个个鲜艳的笑脸。

人们习惯地把山里的花加上一个"野"字,野杜鹃、野菊花、野百合、野樱桃……山精也可以称作野山精罢,他就像自然的风、云、雷、电,自然的花、草、树木一样,无拘无束地生活。

一个黄昏,山精漫游到山下。他看见这里变了,在乱石榛莽之间,有一片窄窄的、新开出来的田地,绿苗刚探出头来,春风在绿苗上抚出轻浅的波纹。

山精吹着口哨,绿苗向他弯腰致意。田埂和山石旁边,纷纷冒出许多野花。他把口哨吹得更高昂、更快活,山崖上的野杜鹃笑盈盈地越长越大。

一阵哭声在暮色里传过来,搅乱了口哨的悠扬。一个年轻女人,坐在田埂上,双手捂着脸在哭。

"哭什么?你!"山精走到她身旁。

女人抬起头来,她先看见穿着石鞋的脚,便知道是山精来了。山精是个和善的小伙子,大家都知道,不怕的。

"用石块挖啊挖的,费尽力量开了这一点儿地,虽然庄稼长起来了,一定还是不够吃的。"女人流着泪说,"村里人很饿。"她光着脚,穿一件粗麻衣,说话时撩起衣角来擦眼睛。

"哭没有用。"山精肯定地说。但怎样有用,他也不知道。他想了想,脱下石鞋,插在地里。石鞋忽然长得有一人高,自己向前走,翻出泥土的波浪。鞋里的汗水浸湿了泥土,土壤黑油油的。女子睁大了泪眼惊奇地看着移动的石鞋,叹息道:"来不及种东西了。"山精说:"也许还有什么可种,真不行,还有明年呢。"过了一会儿,见已犁了很大一片,便收过石鞋穿在脚上。石鞋一下子就变小了,方方的鞋头有点傻气,和山精的天真的神气很相配。

女人打量了一阵新翻的土地,仍忍不住呜咽。山精看见悬崖上开得正盛的杜鹃,心想,花也许能给她安慰。他把两只石鞋蹭了一下,便飞起来,像一朵绿色的云。

女子抬头看这朵云,只见绿光一闪,山精已把一枝浅粉色的杜鹃递在她手里。枝上的花朵似乎都在对她说:"哭没有用。笑吧!笑吧!"她的眼泪滴在花瓣上,同时也在唇边掠过一丝笑影。

山精也笑了,吹着口哨回到他那石头的世界,无忧无虑不知过了多少年。

有一天,他又漫游到山脚下,见那窄的田地已经变成一大块田亩,阡陌纵横,金色的粮食堆在地里。想来因为天色已晚,今天不能运走了。他忽然想起那个年轻女人,她还哭么?他顺着田埂望去,果然见她坐在悬崖下的田埂上,双手捂着脸在低声哭泣。

"不要哭了,哭没有用!"山精站在她身旁。

姑娘抬起头来,眼睛在泪水后面闪亮了。"你是山精。我听祖母说,她的祖母的不知多少代的祖母见过你。"

"哦?"山精有点奇怪,原来这已经不是以前的人了。

"当然。许多年过去了。大家都知道你带给人好运气。"姑娘穿着粗布衣裙,布鞋尖上绣着一朵小花。她呜咽着断续地说:"粮食收了下来,官家要抢走大半——家里人在生病,不知道该怎么办——"

山精也还是不知该怎么办。他蹭蹭石鞋,飞起来了,像一朵金色的云。金色的云在山里飞,穿过山谷,绕过山峰,采了许多他心目中的药草。因为不知那一山区究竟产何药物,不敢贸然记载。不过他采得多了,脱下一只石鞋装着,鞋里湿漉漉的,药草很觉滋润,一瞬间长大了许多,显得比在山石间时更苗壮、更鲜艳,这倒是真的。他还顺手采下几枝野菊,送给哭着的姑娘。

"试试这些药草。"他说。

姑娘止住了哭,抱着药草,把花扣在衣襟上。花是黄色的,黄得蕴藉、丰满,带着收获的喜悦。"药草有多少用?收获能是自己的么?"姑娘询问地望着花,花朵们向姑娘点头。"笑吧!笑吧!"它们说。

又不知过了多少年,山精又走到这块地方。田地已经没有了,这里是人工培育的大片草坪,绿油油的。四周有人造的假树,霓虹灯似的变换着颜色。"人们不再哭了吧。"山精挥动他披着的红霞,轻快地在草坪边的小径上走着。

草坪对面忽然站起一个穿着大红尼龙衣裙的女青年,那红色比山精身上的红霞鲜艳多了。她老远地叫道:"你是山精吧?让我看看你的石鞋。"她向山精跑来,俯身检验了他的石鞋以后,使用双手捂着脸,但是她没有哭。哭,在这一时期的女青年中,是不怎么时兴的。

"你的祖母的祖母的……"山精说,"告诉了你,是么?"

女青年笑了。她恳切地望着山精。"我得到了我要的一切。但是我不快活,我要快活。"她确实不快活,眼光里永远带着提防的神色,虽然她在笑,那戒备也不稍减。

"我不知道能不能给你。"山精蹭蹭石鞋,飞了起来。这朵红色的云在悬崖上盘旋了一阵,采下一枝百合。几朵朱红的花舒展着花瓣,好像要拥抱什么。"我只能给这枝花。"

"要花做什么!"女青年轻蔑地把花放在眼前检验。"还不如我身上这朵呢!是人工的。"果然她衣襟上佩戴着一朵闪光的、颜色变幻不定的花,正散发出幽雅的香气。

"还给你!"她很宽容,没有把那枝百合扔在地下,而是随手挂在草坪边亮晶晶的树上,她嘲笑地说,"给我点实际的东西吧!你干吗老穿这双石鞋?都快磨出窟窿了罢!"

山精忽然感到前所未有的疲倦,是因为石鞋太沉了么?他实在说不上为什么要穿它,只不过他从来就穿着它罢了。

"这是飞鞋吧?"女青年问,"你总是蹭一蹭。可是你和航天飞机比比看!"她又加了一句道:"扔了这双鞋,你倒是个美男子。"

山精十分惶惑。他穿着这双鞋踏遍春天的土地,去唤醒各色野花;他穿着这双鞋帮助上古的女子耕种,又帮助近古的姑娘采药材。这鞋并不是工具,他从未衡量算计它起的作用。它陪伴他度过多少山中日月,汗水流在鞋里,又在阳光下化为轻淡的雾。它成为他的一部分,成为他的一个标志。这时他在惶惑中忽然想到一个名词,一个有些抽象的名词。"这是一种感情。"

他说:"这是一种感情。"女青年笑得几乎喘不过气来。"感情!装在石鞋里,再准确不过!感情本来就是太沉的东西,比石鞋还沉!"

山精觉得石鞋在向下拉他,简直要拉到地底下。

这时一个小女孩从草坪另一边跑过来,她叫道:"姐姐,你在和谁说话?"

山精自惭形秽,转身躲在树后。他想回山里去,但是石鞋真的太沉了,他简直移不动脚步。

女孩跑近了,立刻从亮晶晶的树上拿下那真的花枝。

她的小脸发光,照得花儿更加红艳。"真美,这花真美!这是真花!"她用小臂膀拥着花枝,把红的花朵放在红的小嘴上。她那淡蓝衣衫,如同宁静广阔的蓝天,衬托着她持的花和她那花一样的笑靥。

山精有些想哭了,这真是一种又陌生又奇怪的感觉。就在这一瞬间,石鞋已经不沉了,一切都正常。他灵巧地攀着山石,他那穿着石鞋的脚抚摸着大地,仿佛有一股温暖也在抚摸他的心。那红色的云霞飘起来,渐渐上升,消失了。

"你亏了,没有看见山精。"姐姐说。

"可是我得到真的花。"妹妹把花枝举到姐姐面前。花儿含笑向姐姐眼睛里望去。姐姐震颤了一下,把那端庄、凝重的花朵贴在自己光艳的脸上。那总是在算计,总是在衡量,总是在窥伺什么的眼光变得柔和了,柔和的眼光透过晶莹的泪水投向远方。

1981 年 12 月

(原载《北京文艺》1982 年第 3 期)

冰 的 画

岱岱出疹子,妈妈要他躺在床上,不准起来。他起初发高烧,整天昏沉沉的,日子还好打发。后来逐渐好了,还让躺着,而且不能看字书,怕伤了眼睛,真腻烦极了。白天妈妈不在家,几本画书都翻破了,没意思!他只好东张西望,研究家里的各种摆设,无非是桌、椅、柜、橱,他从生下来就看着的。窗台上有一个纸盒,资格倒还不老。盒里有一点儿泥土,土中半露着几棵柏子,柏子绿得发黑,透出一层白霜。那是岱岱采回来给妈妈泡水喝的,可她总不记得。

晚上妈妈回来,总是微笑着问:"岱岱闷坏了吧?"一面拿出一卷果丹皮,在他眼前一晃。岱岱更知道妈妈是累坏了,两只小手攥住妈妈冻僵的手,搓着,暖着,从不抱怨自己的寂寞。

可能是近来睡得太多了,这一天岱岱醒得特别早。妈妈已经走了。他想看窗外的大树,但是看不见。他以为窗帘还没有拉开,屋里却又很亮。他仔细看着,原来窗上的四块玻璃,冻上了厚厚的冰,挡住了视线。

"一层冰的窗帘。"岱岱想。今天一定冷极了。他想找一个缝隙望出去,目光在冰面上搜寻着。渐渐地,他发现四块玻璃上有四幅画,那是冰的细致而有棱角的纹路,画出了各样轮廓。

右上首的一幅是马。几匹马？数不清。马群散落在茫茫雪原上,这匹马在啃着什么,那匹马抬起头来了。因为冰的厚薄不匀,它们的毛色也有深浅。忽然马匹奔跑起来,整个画面流动着。最远的一匹马跑得最快,一会儿便跑到前面,对着岱岱用蹄子刨了几下,忽然从画里蹿了出来,飞落在书柜顶上。

"哈！你好!"岱岱很高兴马儿来做伴,"你吃糖么？"

马儿友好地看着岱岱,猛然又从柜顶跃起,在空中绕着圈子奔驰。它一面唱着:"我是一匹冰的马,跑啊跑啊不能停;我要化为小水滴,滋养万物得生命。"它的声音很好听,是丰满厚重的男中音。跑着跑着,它不见了。

岱岱忙向玻璃上的冰画里找寻,只见左上首冰画中万山起伏,气势十分雄壮。远处一个水滴似的小点儿,越来越大,果然是那马儿从远处跑进这幅画中了。它绕着各个山峰飞奔,忽上忽下,跳跃自如。一会儿,山的轮廓渐渐模糊了,似乎众山都朝着马儿奔跑的方向奔跑起来。"群山如奔马。"岱岱想。这是妈妈往西北沙漠中去看爸爸时,路上写的一句诗。

左下首的冰画是大朵的菊花。细长的花瓣闪着晶莹的光,花儿一朵挨着一朵。岱岱的目光刚一落上,它们就一个接一个慢慢地旋转起来,细长的花瓣甩开了,像是一柄柄发光的伞。忽然有什么落在伞上了。是一个小水滴么？水滴中还是那匹马。水滴连同马儿在花瓣上轻盈地跳着,马儿在水球里举蹄摇尾,随着水球滚动做出各种姿势。一会儿,水的外罩顺着花瓣流下去,马儿好像脱去了外衣,它抖了抖身子,灵巧地踏着旋转的花瓣跳舞。对了,妈妈昨晚讲过在唐朝宫廷里象和马跳舞的故事,该给它们配点音乐才好。岱岱伸手去拿录音带盒。真糟糕！忘记问妈妈,象和马跳舞都用什么音乐了。

马跳着,花瓣也参加了,好像许多波纹,随着马的舞姿起伏。一会儿,马停住了跳舞,侧着头屈了屈前腿,便从花瓣上飘然落下,在它落下来的瞬间,细长的菊花瓣齐齐向上仰起,好像是在举剑敬礼。

右下首的冰画中只有一棵松树。一丛丛松针铺展着,冰的松针,冰的松枝,冰的树干,树干嵌入窗棂中,像是从石缝里长出来的。树干向上斜生,树枝则缓缓向下倾斜,一丛丛松针集在一起,成为一个斜面。斜面上有一滴亮晶晶的东西滚动着。又是那马儿在里面!它好像玩球似的,在球里面踏动,水滴慢慢滚着,它还是四脚着地,十分悠闲。随着水滴的转动,树枝的斜面越来越向下,马儿的长长的鬃毛飘起,它在向远处飞奔,越来越小,然后水滴里什么也没有了,像一个透明的球,一直滚落在窗台上。

岱岱忽然看见窗外的大树了。它那光秃秃的枝丫,向冬日的天空伸展着。冰画都消失了,只有一层淡淡的模糊的水汽。

窗台上湿漉漉的,太阳出来了。

第二天妈妈休息,岱岱要请妈妈参观冰的画。于是妈妈不忙去做饭洗衣,而和岱岱一起躺着,自得其乐地观赏那四块玻璃。

"看哪!妈妈!"岱岱低声叫道,好像怕把画儿吓跑了。

"左上首是一只鸟,正拍着翅膀要飞。"妈妈轻轻说。

"它的翅膀是冰做的。"岱岱说。有这样的能从玻璃上读出画来的妈妈,他真觉得骄傲。"看哪!它飞出来啦!"

冰的鸟真从画中飞出来了,停在屋中的白纸灯罩上,用两只脚爪抓住灯罩内的铁丝圈。它的翅膀一开一合,闪耀着彩虹一般的光。

"当心触电！"岱岱提醒它。

鸟儿似乎一笑。它的笑当然是用眼睛，而不是用嘴，它飞起来了，绕着屋子飞了一圈又一圈，满屋都是彩虹般的光，随着它的翅膀飘动。

不多时，它停下来啄啄翅膀，发出竖琴般的悦耳的声音。随即又飞起来，唱起了歌："我是一只冰的鸟，飞啊飞啊不能停。我要变成小水滴，滋养万物得生命。"它的声音明亮柔和，是次女高音。它飞着唱着，虽然还在屋内，却好像越来越远。渐渐地，歌声连同唱歌的鸟儿，都消失了。

"看右上边，它要进去了！"岱岱说，右上边的冰画是一幅静静的村景，有房屋、树木，还有一片清晰的倒影。"那是沙漠上的海市蜃楼！"妈妈叫起来，"我和爸爸一起看见过的！"

爸爸在沙漠里从事一项伟大的工作，已经好几年了。"要是画里有爸爸就好了。"岱岱想。他往左下首去找，这里是亮闪闪的一片，好像只有沙粒铺在画面上，一直伸延到很远。

"那是月光下的沙漠！"妈妈微笑了，眼睛里有泪水的亮光。

"可是没有爸爸。"

右下首的冰画出了一道长长的彩虹。彩虹的弯弯下飞出了那只冰鸟。它扇动翅膀，满幅画流动着绚烂的光亮的颜色。彩虹忽然摆动起来，蹁跹摇曳，和鸟儿一起跳舞。它们跳得那样快活，那样一心一意！跳着跳着，画中的颜色和光亮都越来越淡。一层飘来的雾气遮住了彩虹和冰鸟，整个画都不见了。玻璃上有一排参差不齐的水滴，向下慢慢地流淌。

窗外那光秃秃的大树，占满了四个镜框，向冬日的天空伸展着。

窗台上湿漉漉的。太阳出来了。

春天来了。妈妈和岱岱打开窗户,做春季大扫除。"呀!"岱岱叫道,"妈妈快看!"原来随便扔在窗台上的柏子,已经长出细细的鲜亮的嫩芽。

"它会长成一棵大树。"妈妈说,指指窗外。窗外的大树不再光秃秃,枝丫上的小叶泛出青青的颜色。

岱岱起劲地擦窗户,那冰的画没有了。但是每个小水滴,都高兴地施舍了它自己。尽管可能长成的大树不见得会记住它们。

1981 年 11 月

(原载《少年文艺》1982 年第 4 期)

紫薇童子

这一年春天来了。草地在一夜间绿了起来,柳枝也不知不觉地泛出了嫩鹅黄。地面上、树梢头,荡漾着活泼泼的生意。这是种花植树的好时节。

"黎奇子,你不种点什么吗?"黎奇子的左邻右舍有时好心地搭讪着问一句。他们住的是一排排平房,每家门前有一小块空地。解放初期种的许多花草树木,到60年代统统给砍伐干净,代之以大白菜、小萝卜。后来,忽然间花花草草都遇了大赦,而且身份日高。近年人们除政治觉悟外,稍有科学觉悟。种花植树,已经是先进行为、时髦风尚。

不过,黎奇子对邻居好心的搭讪,却从来报之以怒目。邻居老太太们也不计较,便自问自答:"哎呀,这会儿可不是,人人都忙,太忙,顾不上。"她们望着远处,不看黎奇子的跛腿。

因为种花植树先进且时髦,这一年是从上到下雷厉风行了。负责居民委员会工作的骆奶奶领来了一大堆树苗,传话各家前去领取。并且声明:这是任务。

黎奇子儿时,曾眼见骆奶奶——那时人称骆大妈——率领一干人等把这一带植物拔得精光,他只好怒目而视。他就这样怒目而视,直到如今。所以现在听到领取树秧子的召唤,他还是愤愤地说了一个字:"呔!"

不过,他傍晚走过骆奶奶家时,拐杖清脆的响声还是惊动了老太太。她也拄着拐杖赶出门外,一把把他拉住,连声让屋里坐。"好黎奇子,好孩子。你才来!好花苗儿都领完啦!什么蔷薇、棠棣、丁香,样儿不少呢。现在就这几棵了。"说着,指指门边一堆歪七扭八的枝条,"不知道剩的是什么花,什么树。"

"管它什么花树呢,我挑两棵!"只见从门外冲进一个彪形大汉,是丁排西头的老古,"发什么,有我的一份儿!"顺手就在门边翻翻拣拣。

"你还有地方儿吗?"骆奶奶问,"还有两棵像样儿的,给黎奇子吧。他那儿荒着。"

"这不是发给各住户的吗?"老古气势汹汹,"不拿白不拿!"

黎奇子的拐杖往地上重重一敲,还是只能怒目而视。这时骆奶奶忙起身帮他拣了一棵。他摇摇头,他有他的主意。

"我要那棵。"他说。那棵在这拣剩的堆儿里也是最该淘汰的,枝条裂开了,根部有一半焦黑,显然是火烧过的。

"那可不一定能活。"骆奶奶抱歉地说,"我的小孙子错把它当柴烧,我给抢出来的。"

黎奇子费力地俯身拣起那枝条:"就是它吧。"

老古目光中流露出嘲笑,骆奶奶脸上有些怜惜。他们想的却是一样:这残废人拣了一棵残废秧子。

黎奇子回到家中,暮色已经四合。他看得出手里的树秧有一种天生的秀气,也更显得可怜。他在刚刚复苏的绿草中把它种上了。

时光易逝,不觉又过了两个寒暑。这是秋高气爽的季节,也是收获的季节。黎奇子参加了集体缝纫社,可是他不喜欢这工作,还是怒目对待周围的一切。他门前的蓬蒿长到齐腰高,有的几及肩背,他那小小的门隐在草丛中。秋天的月升起来了。

黎奇子睡一觉醒来,睡不着又不愿胡思乱想,起身拉开小窗上的旧布帘,向深邃的夜空看去。

这是月夜,月光像一张温柔的网,轻轻地笼罩着大地。一切贤愚不肖,都在她怀抱之中。黎奇子揉揉眼睛,忽然见一个小小的身影站在月光下蓬蒿间的小路上。

谁家孩子这么晚了还跑出来?要偷东西么?黎奇子刚要大喝一声,那孩子朝门口跑过来了。

"黎奇子大哥,我来看看你。"一个清脆的声音叫道。

黎奇子开了门,转眼间,那孩子已站在他身后,仰着小脸儿笑吟吟地望着他。"我是新搬来的,住在前面一排。"孩子随手一指,"你就一个人呵,黎奇子大哥?"

黎奇子一个人习惯了,别人也都习惯他一个人。忽然有人问起,好像要打开一本久已搁置的书,有些措手不及。他转过身,想了想才回答:"父母双亡,并无兄弟,尚未婚娶,自然是一个人。"他伸出右腿,"小儿麻痹后遗症,我习惯了。"他一面说一面仔细打量眼前的孩子。只见这孩子约八九岁,头戴紫色皱边小帽,身穿紫色上衣,领口胸前,缀有宽的细皱边,下身着绿色半长裤。容貌甚是俊秀。孩子见打量他,笑道:"我这不是港式穿戴。我来看看你,你寂寞吗?"

"寂寞?"黎奇子看看几件堆在小桌上没有缝完的衣服,伸手把它们全撸到地上,"你管我呢,你姓什么?"

"我么?"孩子一愣,"我姓魏。因为我总穿紫衣,大家叫我紫魏。"

"你为什么总穿紫衣服呢?"

"我生来——生来就喜欢紫颜色。"孩子仍是笑吟吟地,头左右歪来歪去摇着。他只要一动,帽子和衣服上的皱边就发出淡紫的亮光。

黎奇子笑了,他觉得很好玩。

"咱们来玩什么?"孩子说。他蹲下去捧起地上的衣服,"这个边没有缝好。"黎奇子的任务就是缝边,因为他不能踩机器。他觉得这不是男子汉的活儿,真烦透了。

"这多好玩呵!"孩子高兴得像得了什么宝贝,"你可以变着花样做各种的边,还可以做我这样的皱边。"他又说又笑,飞针走线。黎奇子觉得好奇。他们一边动手一边说话,不知过了多久。然后黎奇子不知不觉睡着了。

次日清晨,黎奇子一醒就跳起来,拿过那几件活计仔细看,翻过来掉过去,也没有紫魏留下的痕迹。该缝的地方仍旧裂开,等着他自己的劳动。可是黎奇子心里踏实,好像有个空处给装上了什么。他到屋外打水,觉得空气特别新鲜,蓬蒿格外茂盛,初秋的凉意沁人心脾。他忍不住站定了伸开两臂深呼吸。

忽然,在一片浓绿中有一点鲜亮的紫色,亮闪闪的,使他一惊。那棵烧焦了的树秧长大了,开花了!一簇簇紫色小花朵儿,花瓣打着皱褶,像是薄纱做的。一个个花苞像小圆球儿。小圆球儿打开了,花朵一圈六个或八个,开成一个个小花环,许多个小花环拥在一起,形成一簇簇花朵。每朵花的曲折的褶子里都盛满了笑意,就像昨夜的孩子那样笑吟吟的。他似乎听见一声:"黎奇子大哥,你早。"

黎奇子站在花旁边,看了又看。他忍不住招呼每一个走过的邻居:"开花啦!我种的花开花啦!"他就像笑着的花一样笑吟吟的,使得邻居们颇为惊异。骆奶奶从这儿过时,把两手一拍说:"可不是,我就说能长成材,这不开花了。"她凑近了花,研究了一番,告诉黎奇子这是紫薇,一种观赏植物。"只为看的。咱们这儿还没种过的,头一棵!"

这天晚上,黎奇子煮挂面时多煮了半包,还不时往窗外看。他相信孩子还会来,想看清他从哪里来。夜深了,月光直透进窗来。就在一眨眼间,孩子又站在小路上了,周围的蓬蒿拥着他,空中的月光领着他,向门前跑来了。

"喂!"一声清脆的笑嚷,孩子已经站在黎奇子身后。

黎奇子真高兴,虽然他没有弄清孩子从哪里来。"你吃过饭吗?这是给你的。"他把留着的面放在孩子面前,好像他从来当惯了长兄。

"你真好,黎奇子大哥!"孩子仍是笑吟吟,小心地把碗挪开。"我要喝水。"他找着水罐,一气喝了下去,整个人立即更精神了,衣帽上褶边的光更亮闪闪,俊秀的小脸更鲜艳了。他拿起线团利索地缠线,一面说:"我小时候——"自己哈哈笑了,"这么说,好像我已经老了——就说前两年吧,我身体不好,烧伤了。以为自己只有扔垃圾箱的份儿。可是有人怜惜我,看重我——我也得活个样儿出来。"

"怎么就算是活个样儿出来?"黎奇子低头坐着,闷声问。

"嘶——嘭!"孩子忽然比画着向远处打起枪来,然后忽然扑过来抱住黎奇子的腿,摩挲着。"受伤啦?我会开药方。"他笑得那么畅快,完全是一派过家家的神气。

这孩子!有时说话像五十岁,有时就像五岁。黎奇子真觉得好玩。孩子的摩挲使他想起气功,只要把气导顺了,会有意想不到的结果。他们说着,笑着,手上做着活儿。不知道孩子什么时候走的。

次日清早,黎奇子第一件事就是给紫薇浇水。紫薇的花朵像是一个个戴着绉纱小帽的童子的脸,全都透着笑意。黎奇子浇水时也忍不住笑。

孩子夜夜来和黎奇子做伴。日子还不长,可黎奇子变化很大。人人觉得他变得温软了,活泛了。那金刚怒目渐渐往拈花微笑这边变。他对缝纫社的事也热心多了。"十一"前后,他主动到那间小门面值了两个夜班。

等他完成值班任务,兴高采烈回到家时,一眼就看见绿草丛中有一个水缸大小的坑,像一张正在哇哇大哭的嘴。紫薇树不见了!

"我的紫薇丢了!谁偷了我的紫薇?!"黎奇子大声嚷起来,吼得四邻都探出头来。他在街上跑。"我的紫薇丢了!谁偷了我的紫薇?!"有人吓得躲进门去,有人冷笑:"这就叫禀性难移!"

黎奇子在丁排西头老古家站住了。他清楚地听见那清脆的声音在叫:"黎奇子大哥!"他一脚踢开篱门,看见在拥挤不堪的植物中,他的紫薇怯怯地在角落里露出鲜亮的颜色,不由得大喝一声:"呔!"

老古正在院里,厉声说:"你嚷什么?你的紫薇丢了,往人家家里闯!"

黎奇子的怒目真到了目眦尽裂的地步,他一步步逼近姓古的,猛地抡起拐杖——可是又听到一声"黎奇子大哥",好像有人拉住他的手臂,把抡圆了的拐杖拉了下来。老古本没有把跛腿小子放在眼内,这时更得意了。说:"我是新添了一棵紫薇。花嘛,谁都有。你说是你的,你叫得它应!"

不必说这一带从来没有人种紫薇,就是在紫薇林中,那绉纱小帽,那紫衣绿裤,还有那烧焦了也还是十分秀气的根枝,黎奇子也认得清!可是哪个花树会回答人的呼唤呢?

这紫薇竟然回答了!它的一簇簇花朵在枝头颤动着,忽然,一片片花瓣飘落下来,圆球似的紧紧连在枝上的花蕾也雨儿似的往下掉,连绿得正浓的叶子也纷纷离开树枝。转眼间,这紫薇只剩下光秃秃的枝干,好像哭干了眼泪,全身都枯萎了。

两个人都愣住了。黎奇子伤心得无法再留在这儿,转身撑着拐杖走了。老古看着拐杖,心里有些害怕。

这天夜里,黎奇子眼睁睁看着黑夜。夜很深沉,没有月亮。黎奇子等着从那深沉中出现他的紫衣小朋友。可是一夜又一夜过去了,什么也没有出现。在愤怒和悲伤中,他做了好几个搭救紫衣儿的计划。偷着去刨出来?他做不到。找人讲理要出来?大家都不敢惹老古。不过他不颓丧,他已经不是原来的黎奇子了。

几天后,黎奇子从缝纫社回家,遇见骆奶奶。她把两手一拍说:"你说有多奇怪,姓古的自打刨了你的紫薇去,夜夜听见半大娃子哭,有多不吉利。"黎奇子的怒目里带着泪,不知道紫衣儿能哭多久。骆奶奶走过去了,又回头说:"他自己不敢要这棵花了,扔在垃圾堆上了。"

真的么?黎奇子的心猛然胀大了,来不及答话,拐杖"笃笃笃"飞快地响着,往垃圾堆上去了。紫薇花树果然在一堆煤渣上。黎奇子把它拥在胸前,眼泪吧嗒吧嗒掉了下来。

紫衣儿可遭了大难了!枝条撕裂了,有的要断未断耷拉着,最惨的是它的根,又是乌黑一片,又是烧焦了。显然是姓古的干的事。为泄愤?为避邪?为捣乱?只有天知道!

黎奇子不想这些,他只知道他的花在他自己手上。他小心翼翼地在渐浓的暮色中把亲爱的花树种在大张嘴的坑里。那是它的家。晚风拂过,周围的蓬蒿招展,发出一声声温柔的叹息。黎奇子和周围的一切,都相信紫衣儿还会出现。

紫衣儿没有让他们等得很久。冬天来了。下了一场大雪,少见的大雪。贤愚不肖,也都在雪的覆盖之下。黎奇子自扫门前雪时,觉得有什么在闪光,那是一点鲜亮的紫色,在柔软洁白的雪上微笑着。

"呵呵,我的花!"黎奇子几乎扑上去抱住他的花,但他即时停住,只是温柔地看着那打着皱褶的薄纱的花瓣,那戴着绉纱小帽的孩子的脸儿。他伸手轻轻抚摸树干,顿时整个枝叶都颤动起来,像是在笑,像是在诉说什么。雪花从枝上轻轻地落下了。

"你来啦?我的兄弟!"黎奇子轻轻地说。

黎奇子上班去时,想到要请他的同事们来观赏雪中的紫薇花。敏感娇嫩的紫薇花,怎耐得这般严寒?看来自然界的现象,远非人类所全能解释。

1983年秋,写于紫薇盛开之际
(原载《人民文学》1983年第10期)

关于琴谱的悬赏

每天清晨六点钟,安安一定练琴。墙上的旧式挂钟开始敲响时,安安打开琴盖,把遮住琴键的花格绒布远远一扔,管它掉在哪里。钟敲最后一响,琴键响出音阶练习的第一声。两年来,几乎天天如是。如果哪天听不到琴声,邻居们都会问:"安安扁桃腺发炎了么?"

其实安安真讨厌练琴。学琴能坚持下来,全凭爸爸站在琴凳后面,手里拿着一把尺子。安安甚至希望扁桃腺发炎,但在妈妈的部署下,扁桃腺大败亏输,地盘缩小,只有招架之功,并无还手之力了。所以安安每天得在钢琴旁坐满一小时,对付黑白分明的琴键。

今天可没法练琴了,四本琴谱全都不翼而飞!爸爸气哼哼地在琴凳里、旧杂志里翻着。

安安有几分得意地说:"不练琴了。每天我一起来就玩!"

琴旁的小令箭荷花正在盛开,红玉般的花瓣光艳照人。一朵花心里的嫩黄的花蕊轻轻摇动了一下,发出悦耳的叮咚声,另一朵也响应,抑扬顿挫,十分和谐。这是什么曲子?《布格缪勒二十五首》里的?

"花儿替我弹琴。"安安得意而又不安地想。她想问爸爸听见没有,这时妈妈从厨房走出来,仔细看着安安的眼睛。

"妈妈,我眼睛里有琴谱吗?"花蕊的叮咚声远去了,把安安那点儿得意也带走了,只留下了不安。

妈妈不回答。早饭时,猫儿照例坐在安安脚边。妈妈忽然说:"我们来一次悬赏,捉拿琴谱的悬赏。要是谁能找到琴谱——猫儿给一条鱼,令箭荷花给一匙牛奶,爸爸给一满杯酒。"

"我呢?"安安问。

妈妈又仔细看她:"你想想自己该得什么?"

安安不知道自己该得什么,她背着书包上学去时,妈妈只是笑笑,扬扬手,没有像平时那样亲亲她,可也没有不高兴的样子。

学校里照例上课,休息,又上课。没有人关心琴谱的去向。安安虽也一样活动,心里却总是不安。她的座位靠窗,她不停地转脸看着窗外。

"安安!你看什么?"老师站在她面前。

她看窗外的绿草地,看绿草地上这里那里的小黄花,它们像琴谱上的音符一样高高矮矮。它们要唱什么吗?老师靠近的声音使得安安忙转过头看黑板。黑板上的6和9从别的数目字中间凸出来,也像是音符。它们和草地上的黄花音符一样,都是从琴谱里掉出来的吧?它们找不到琴谱,没有地方存身了。6在下面一行张着大嘴在唱:"在哪里?"9在上面一行打着呵欠在唱:"在哪里?"它们的声音合在一起,成了一曲和谐的二重唱,唱的是:"安安知道在哪里,安安知道在哪里!"

"我不知道!"安安大声说。

老师是个温柔的、好性儿的人,只皱皱眉,走回讲台,一般地说了几句用心听讲的道理,仍旧讲课。她那细瘦的身材,像一个音符的符干，可是要支撑着五十个孩子发展着的灵魂，让她们长得健壮。安安很不愿让老师不高兴，不过安安原来没有想到自己会这样不安。

好不容易下课了，安安和小朋友们一起夹沙包。她用力跳起，扔了几次都最远，几乎把琴谱忘了。这时老师走过来，向大家宣布下周要到幼儿园义务劳动。

"安安弹琴，别再弹《骑士》了。"一个小朋友说。每次到幼儿园，安安除一般劳动外，都要为小娃娃们弹琴。《骑士》已弹了好几遍。一来因为娃娃们爱听，二来因为安安没有新曲。她的琴艺踏步不前，不像骑士的马向前冲。

"还弹新的呢！琴谱都没了！"安安有几分得意地想。

"行吗？安安？"老师温和地看着安安。安安分明有什么心事。

安安又不安起来，不安中还有些委屈。她想说琴谱丢了，可怎么也说不出来。虽然她经常丢东西，时时刻刻在找东西，为此爸爸赠给她"马虎国公民"的称号。这回呢？这回可大不一样。

安安知道同学们和小娃娃们都喜欢听琴。她在幼儿园弹过《社员叔叔赶大车》，弹过《再会》《鹁鸰》，这两首也是《布格缪勒二十五首》里的。骑士在幼儿园冲来冲去好几回，娃娃们也没有反对。每次小学生离开时，他们还要送一送，特别叮嘱安安姐姐下回再来。以后就真的再不弹琴了么？

安安不敢看老师，扭身又去夹沙包了。

放学回家的路上，安安总要经过一个多年荒废的花园。这里正在修建大楼，只在一个土山后面还保留一片野趣。蒿草长得快有安安高，草中太湖石上爬满了各种藤蔓植物。安安和同学路过时，常在这里玩一阵。今天只有安安一人坐在太湖石边想心事。

忽然,安安觉得眼前的蒿草上咕嘟嘟冒起许多泡泡儿,仔细看时,竟是许多音符,不是上课时看着黄花像音符,这是真正的音符。不过它们不是黑点或黑圈,而有绚丽的颜色。符头朝上的是一个个大头宝宝,符头朝下的是身穿撑圆了的漂亮裙子的女士们。二分音符的空圈儿上像蒙着一层薄纱,八分音符、十六分音符的符尾在飘动,好像京戏里的大将背上插着的旗。它们可真是一群漂亮人物!

遗憾的是,它们也像遇到什么难题,一个个满面愁容,在草尖上慢吞吞地穿来穿去。安安好奇地看着,不明白它们怎么不发出一点儿声音。

"也许得我来弹一下?"安安想。

这时从太湖石后转出一位高个儿仙女,衣袂飘飘,像一团半透明的雾。她身旁紧随着一位圆滚滚的胖子,衣襟上有两粒特别大的扣子,像两只瞪着的眼睛。哦!这是高音谱号和低音谱号。他们一出现,原来都在草面上飘动的散乱的音符赶紧各自站好了位置,有的悬空,有的半陷在草里。安安知道,它们是按五线谱上的位置站好的,而且认得这谱子是《鹁鸪》。在琴键上鸟叫得多好听!可这时还是没有一点儿声音。

高个儿仙女有点哀怨地望着安安,圆胖子的表情是气愤。安安觉得它一气就更圆了,想叫它克制一下,因为低音谱号本来没有这么圆。它们两人对望了一下,音符变换了位置,上下跳动着。茂密的草上响起了歌声:

在哪里?在哪里?
你的好心在哪里?
在哪里?在哪里?

>　　你的毅力在哪里？
>
>　　安安啊安安
>　　你的诚实在哪里？
>　　在哪里？在哪里——

　　最后一句"在哪里"的声音拖得很长，简直要通到家里，通到琴谱藏身的地方。

　　这回安安可不敢说"我不知道"了，它们分明知道安安知道琴谱藏身的地方。

　　"你们什么时候掉出来的？谁叫你们自己掉出来！"安安大声说。高音谱号、低音谱号和音符们都不理她，只管唱着"在哪里，在哪里——"把声音拖得长长的。

　　真的，它们并没有问琴谱在哪里，问的是你的好心在哪里，你还愿意为小朋友们弹琴么？你的毅力在哪里？妈妈常说学琴倒也不一定要当音乐家，只是要有一点儿修养，是要培养毅力。还有呢，你的诚实在哪里？

　　真的！我的诚实在哪里？安安眼圈儿发红，鼻子发酸，安安要哭了。

　　躲开你们！惹不起还躲不起么！

　　安安正要走时，那长草遮掩的小径上，忽然冒出了两个小伙子，各有一个沉甸甸的大圆筐。一个扛在肩上，一个坠在脚下。安安一眼就看出这是黑板上的6和9，也赶来凑热闹了。6和9的圈儿里塞满了乱七八糟的东西。它们把这些东西掏出来扔在小径上，挡住了安安的去路。

　　"你们干什么？"安安委屈地叫起来。

　　"都是你自己的呀！"6和9说话永远像二重唱。

安安睁大眼睛看那些破烂。它们是些模糊的,不成形状的东西,隐隐约约,似乎还在活动。只有安安可以看出那真是她自己的事迹。有她赖在床上不肯起来的镜头,有她和妈妈顶嘴的镜头。还有特别大的一块碎玻璃,里面嵌着她自己手举一摞琴谱,正不知往哪里藏呢。

这条路完全堵塞了,安安回不了家。她想从草丛里穿过,音符们像一堵墙,而且是会活动拦截的墙,瘦高个儿和矮胖子正对她冷笑。安安真想家,真想妈妈!

妈妈忽然出现在路的那头,草丛那边,一缕黑黑的头发被汗粘在腮上,那是妈妈忙乱焦急的标志。准是因为安安没有回家,妈妈来找她了。可是妈妈也过不来,她也听不见妈妈说什么,怎么办呢?她的耳朵除了"在哪里,在哪里",什么也听不见!

"我知道琴谱在哪里!"安安对妈妈大声叫道。就在这一叫里,从安安耳朵里劈里啪啦掉出好多莫名其妙的东西。她立即听见鹡鸰的好听的歌声。她觉得浑身一松,一切烦恼都随着歌声飞远了,飞远了。真是奇怪,那些编造给别人听的东西总是堵塞着自己的耳朵和道路。至于那些编出来的东西是什么样儿,每个人自己当然都知道。

"我知道琴谱在哪里!"安安又说了。草丛那边着急忧虑的妈妈不见了,小路上的障碍不见了,瘦高个儿、矮胖子和音符们都不见了。它们沉到草丛下面去了,像它们冒出来一样快。安安好好的一个人站在这废园中,高高的蒿草摇摆着。工地上传来轰隆隆的声音。

安安小心地踩一踩脚下的土地,慢慢走回家去。

一进家门,安安一直冲到她的小床前,掀开罩单。在两层褥子中间,平平地铺着四本琴谱。她伸手去拿,又停住了。应该就这么搁着,让爸爸妈妈看。

门上钥匙转动了。轻轻地,缓缓地,这是妈妈。安安站在门边,等妈妈进来了,一把抱住她,指给她看那一床琴谱。

妈妈笑了,把一缕垂下的黑发掠上去,俯身在安安脸颊上结结实实地亲了一下。

这是安安得到的奖赏么?也许安安到了白发苍苍的时候,会明白她究竟得到了什么。不过那也太遥远了。

1983 年 8 月

(原载《儿童时代》1983 年 12 期)

总鳍鱼的故事

我们的故事的前半段,发生在古生代泥盆纪的大海里。

那时,陆地上一片荒凉,海洋里却热闹得很。生命从海洋里孕育出来,又在海洋里蓬勃生长,如火如荼,好不兴旺。海底像个大花园。各种各样的珊瑚,有的如同一棵小树,有的像盛开的花朵,有的长成一个花坛模样,红、黄、蓝、白,拼成各式图案。海百合腰肢袅娜,随着海水摇摆;各类水藻,粗大茁壮,像蛇一样飘动着。看见那鹦鹉螺吗?叫做直角石的像一个个蛋卷冰激凌,只是细长些;叫做弓角石的像牛角,只是小得多。它们的圆口上都长了很多触角,像是大胡子,好不滑稽。这个世界的主角是鱼类。当时已有很多种鱼。它们自由自在地游,和现代的鱼一样活泼快活。

鱼类中有一种叫做总鳍鱼。它们身体修长,游泳不落人后,另有两对肉质鳍,可以支持身体,在海底爬行。看它们在浩漫的碧波间游得多畅快!忽然一扎,便到了水底,愣了一阵,用两对鳍慢慢爬起来。有时遇到尖利的沙石,当然是很疼的,因为它们没有穿鞋子呀。

"我们不怕。"一条小总鳍鱼名叫真掌,正在泥沙上爬走。他在和堂妹矛尾比赛。他们约好只准爬,不准游,目标是离海岸不很远的一块黑礁石。小真掌说:"我们不怕。"它一步步在百合茎下爬,认真得眼珠子都不转一转。

小矛尾却不这样。她爬了几步,见真掌只顾专心爬,便偷偷地浮起来游了很远,又爬几步,又游了很远。"我们不怕!"她也笑着,叫着。当然是她先到目的地。那黑礁石顶和海面相齐,她在顶上又爬了几步,便停在一个石孔里,给真掌喊加油。

老实的真掌很羡慕她的本事。他要爬得更好,自己常常练习。他的练习场所是海底一长条沙地,两旁都是海百合,像我们路边的垂柳一样。还有许多直角石、弓角石在旁观。海百合常常弯下腰来,笑眯眯地说:"何必自苦乃尔!"她们有文绉绉的风度,所以得把文绉绉的语言交给她们。

真掌没有那么文绉绉,他一愣之后回答说:"我就是想做得好一点儿。"他有这个习惯,什么都想做得好一点儿,于是他继续爬。他也有腻了的时候,那时他就猛地蹿起,一直浮到海面,看一看那似乎是永恒的静寂的天空,并在起伏的波涛上漂一漂,在礁石的石孔里歇息一下,很快又回到深水中来。因为总鳍鱼是深水鱼类,水面的空气使他不大舒服。

海中的居民过着好日子。他们也许可以就这样过下去,过上几千万年。

有一天,几条总鳍鱼老太太在珊瑚花坛边,用鳍撑住沙地,东家长西家短闲聊天。忽然她们都觉得头晕,好像有什么东西压下来,可又什么也看不见。一位老太太的孙子游来报告,说是海水在退!大家眼看着那块黑礁石越来越高。本来在礁石顶端散步,鳍可以不离水面,凉爽而舒适,你们记得不?现在这礁石已离开水面有一株大海百合那么高了。

鱼儿们大为惊慌,各按族类聚会。在真正的灾难面前,谁又能讨论出什么结果！几天过去了,不只上了年纪的鱼感到头晕,身强力壮的鱼也头晕得厉害。又过了不知多久,他们整天觉得四周的一切都在晃动,简直不能保持平衡。海水浅多了,炽热的阳光照下来,各种贝类都闪着刺眼的光,使鱼们不只头晕而且眼花。

真掌很害怕。他还没有过这样强烈的可以称为恐怖的感觉。他很小就离开父母,凭着大自然给他的修长又强壮的身体,生活很顺利。可现在是怎么了！连游动都很困难。他躲在岩石底下的弯洞里,隔一会儿便探出头来,他想看看矛尾妹妹在哪里。

忽然海水剧烈地晃动,一大群鱼互相碰撞着艰难地游过来。在一片混乱中,真掌知道不远处海水已退尽,许多鱼在阳光中暴晒,很快都死去了。真掌从洞里游出来,想过去看看,能不能帮忙做点什么。

"真掌！你怎么往那边去?"是矛尾在叫,"那边没有水了,不能去！"

"我可以爬几步。"真掌说。

"不能去！但愿我们这点水能保住。"矛尾费力地摆动她那秀丽的尾巴。为了让矛尾安心,真掌听了她的话。

"可咱们怎么能保住这水呢?"大家互相问,谁也不能回答。只能过一天算一天。他们觉得一天比一天热,越来越惶恐不安。

有一天,真正的灾难终于到来了。

真掌正在大礁石下面,偏着身子,用力看那高不可攀的礁石,像是小学生在看一座大塔。忽然,他觉得脊背发烫,原来海水正急速地退去,转眼间,鱼群都搁浅在泥泞中了。

"怎么办哪?"鱼儿们一般是以沉默为美德的,这时也禁不住大嚷大叫,它们挣扎着从泥泞中跳起,拼命甩动尾巴,又重重地落下来。恐怖的呼喊使得彼此都更加恐怖。"怎么办?怎么办哪?"海百合没有海水作依附,东倒西歪,狼狈不堪。"大祸临头!"她们说。

真掌用两对鳍在礁石边站稳,他心里也乱得很。因为死鱼很多,空气、水和泥沙都发出腐烂的气味。许多总鳍鱼爬过来了。不知道他们是否开会讨论过,他们似乎做出了决定:此地不宜停留,必须赶快离开。

总鳍鱼成群结队地爬动,真掌也在其中,他们一步步艰难地向着一个方向。

向着陆地!

向着陆地。他们来自海洋,但不把自己圈围在海洋里。想想看,无边的、丰富深奥的大海也能成为一种圈围。他们爬,让小小的鳍负担着全身,吃力地爬。真掌很快便爬到最前面。他觉得自己的鳍坚定有力。本来总鳍鱼的鳍是有骨骼的。

可是矛尾又不见了!矛尾在哪里?你平时不是总是先到达目的地吗?真掌不得不掉转身子找她。尖利的沙石扎得他痛彻肺腑,他也顾不得。左看右看,每一次都用力转动整个身子。好不容易看见矛尾了!瞧!她和姊妹们在不远的一个水坑里,惊慌地翻腾着。真掌忙爬过去,一股恶浊的气味扑过来。"不能留在这儿!"真掌爬着叫道。他看见矛尾的尾巴黏糊糊的,几条死鱼在她身边,肚皮翻过来朝着太阳。

"爬!"真掌命令道。矛尾立刻跟在他后面爬了。大群的总鳍鱼从他们身边过去,向着一个方向。

向着陆地!

他们不知爬了多久,鳍都破了,流出淡淡的冰冷的血。矛尾越爬越慢,她太累了,觉得再向前一步就会死掉。又一个水坑在面前,不少鱼在里面苟延残喘,他们叫她。她也猛地冲了几步,落入了水坑。

真掌费力地掉转身子。矛尾从拥挤的鱼群中伸出头来,他们两个对望着,在亿万年的历史中,几秒钟是太短暂了,太微不足道了,可这是多么重要的几秒钟呵!既然道路不同,就分手罢。

真掌又掉转身子,和大批正在爬的总鳍鱼一起,向着陆地前进了。

他们爬啊爬啊,毫不停留。一路上,有的不惯爬行死于劳累,有的不堪阳光直晒死于酷热,有的不善陆地呼吸死于窒息。他们经过的路上,遗下了不少死鱼。但是活着的还是只管在爬,爬啊爬啊,向着前面,向着陆地!

终于有一天,真掌和伙伴们爬到了一丛绿色植物下面。它们当然不是海百合。这些植物有的枝梢卷曲,有的从地下长出宽大的叶片,绿油油的。它们不受海水圈围,显得独立而自由。这是早期的裸蕨植物。真掌和伙伴们觉得凉爽适意,高兴得用尾巴互相拍打。陆地上,这里那里已经涂抹着小块绿色,绿色要把大地覆盖起来,好迎接大地的主人。

呵!陆地!从海洋来的生命开始征服陆地的伟大进程了。

我们的故事的后半段发生在二十世纪五十年代初期的一个海湾。

海湾深处住着一种大鱼,身材修长,有两对肉质鳍。它们强壮,捕食轻易,吃饱了,便在深深的海中自由自在地游。鱼生如此,还有何求!可是近两年,有好几条这种鱼莫名其妙地失踪,不是在海中搏斗被别的鱼吃掉——那是天经地义——而是被水上面的什么东西捞了去。一种恐怖的气氛笼罩着鱼群,明明有比大海的力量还大的一种力量在主宰世界。鱼儿们也似乎知道,那是人类。

"别浮上去!"鱼妈妈告诫小鱼,"人会逮住你。"在鱼的头脑里,人的力量是不可估量的。

有一条年轻的鱼,早离开妈妈独立生活。它很好奇,富有诗人和哲学家的气质,常爱浮上海面,看港湾中的各种船只,看岸上的灯火。它模糊地知道,那大大小小神奇的船是人造的,那辉煌灿烂的地方是人类的住所。

一个夜晚,它在海面上慢慢游,看着星星般的灯火,觉得很不舒服。它不知道这是一种惆怅。它的生活本来还可以丰富得多,而不只是光知道吃别的鱼而活下去的生物。

忽然间,有什么东西把它网住了,把它往上拉,往上拉。它用力甩着尾巴挣扎,完全无济于事。虽然它有一米多长,一百多斤重,可那结实的网,是人造的。

它给重重地摔在甲板上,离开了水,它只有喘气的份儿。许多人惊诧地看着它。"瞧这条怪鱼!"人们叫道。它弯起头尾一纵身跳起来,尾巴扫到一个人肩上,那人叫:"好大力气!"便举起鱼叉来,不止一个人立刻拉住他,一齐说,要请鱼类学家看一看。

这条鱼给运到一个深池里,有一个铁丝网,将这池一隔两半。池里装的是海水。有小鱼做食物,这条鱼很舒服。不久它就发现,在铁丝网的那一边还住着一条鱼,正是它的一位老伯父,前些时失踪了的。

"你在这里!""你也来了!"它们互相问候,互相惆怅地望着。

"我们落到人的手里了"老伯父说。它来的时间不短了,已经成为一条有知识的鱼。不过它不爱炫耀。"我们真倒霉。"

年轻的鱼早知道人的权威了,人把它从海里捞上来,人喂它吃的。它在这里离人很近,饲养人员、研究人员和参观人员不断来看它们。它还知道,人可以使它昏迷,把它翻来覆去检查个够,再使它苏醒。人可以叫它生,也可以叫它死。它没有能力违背。

它习惯于崇敬地望着人,虽然它不懂什么叫注目礼。不料铁丝网那边的老伯父发现了,很不以为然。"我们是鱼,就该在水里游,怎么能爬呢!爬出来的成绩,算不得什么。"

年轻的鱼不懂,愣着。

"你知道吗?人类是我们的堂兄弟。"老鱼终于吐出了这个秘密。年轻的鱼如闻霹雳,大吃一惊。

"有什么了不起!"老鱼又说,"我们是鱼,他们也不过是鱼变的。我们过了几亿年还是在水里游,他们连海也进不来了。"它骄傲而又庄重地游动着,以证明它游水的技术。

年轻的鱼还想知道得多一些。上了年纪的鱼认为再多说就近于饶舌,有碍沉默的美德,也许它就只知道这一点儿,谁知道呢。

这时,一位妇女带着几个人走到池边来了。这位女鱼类学家是鱼的朋友,她热爱鱼类科学,因为对鱼太了解了,又成为鱼的仇敌。年轻的鱼崇拜她,见到她就沉到水下去。上年纪的鱼蔑视她,见了她便张着大口,以示她经不起一咬。

遗憾的是无论蔑视或崇敬,这位妇女都不知道。她专心地讲着。她讲得太清楚了,有几句话,一直传到水下:

"这种矛尾鱼是总鳍鱼的一支。另一支真掌鳍鱼登陆成功,发展为两栖动物,经过漫长而艰难的历程,两栖动物又发展为高级脊椎动物。奇怪的是,这种矛尾鱼没有灭绝,经历了三亿多年,除了身体变大了些,一切都和从前一样,依然故我。它们没有发展,没有变化,它们是鱼类的活化石。"

我们故事的结尾是在一个展览会上。许多人来看活化石。两条鱼轮流展出。这天轮到年轻的鱼,它呆呆地停在大玻璃水箱里。有人走近,它就向飘动的海藻中钻,尽量把尾巴对着参观的人群。这举动和它那健壮的身体很不相称。

人们觉得很有趣。活的化石!真是奇迹!而且这活化石这样富于表情。一个小观众笑问道:"你害怕吧,我的堂兄弟?"

另一个小观众仔细观察了半天,大声说:"你是觉得不好意思。是吗?"年轻的鱼悲哀地望着海藻,没有回答。

1983 年 9 月

(原载《少年文艺》1984 年第 4 期)

邮筒里的火灾

这条路到拐弯处分成两岔,各奔东西。分岔处形成一个三角地带,上植紫、白两色丁香。花盛开时,紫衬得白分外皎洁,白衬得紫更加飘渺。远远望去,看不清一朵朵小花,只觉得一片丰富的颜色,和着幽香,熏人欲醉。

三角地带尖角处,放着一个邮筒,照例漆成绿色,在紫、白两色花下,十分醒目。可是一年四季,开花时短,叶盛时多,邮筒在绿叶中不易分辨。有人说,不该把邮筒放在这儿。不过邮筒只要不误传递信件,就会有人投信。不管它颜色如何。

有一回,这邮筒出了一次不大不小的事故。

别看邮筒沉静地站着,不言不语。它的肚子里,只要有信,就总是热闹的。信件来自生活的各个角落,有人物,有情节,有议论。其热闹程度依每天投信的内容而不同。平常日子这里不表,就说出事故的这一天吧。

这一天丁香早谢,繁茂的枝叶几乎遮住了邮筒。从清晨起,邮筒便开始服务。一封封信投了进来。先投进的自然在最下面。偏巧这是一封满纸牢骚的信,火气很大。它觉得身上的分量越来越重,火气越来越升级,到第一百零一封信投进来时,它忍不住怒火中烧大发雷霆了。

"连邮筒里也没有我的地方!"它叫道,"连和朋友谈谈心都跟挤公共汽车似的!"它的话都是从信中引申出来的,它自己并无发明的本领。

这第一百零一封信出自一位研究中国思想史的先生之手。写的是关于《老子》的一点儿心得,把一个大信封装得鼓鼓的。信封上两张邮票分贴在收信人名字的两边,像两只眼睛。心得中引了不少原文,"俗人昭昭,我独昏昏。俗人察察,我独闷闷","大方无隅,大器晚成"等等。这些精炼的词句让这位先生绕着圈儿一发挥,听起来叫人忍不住摇头晃脑,酸倒大牙。它听见下面的雷霆,本着"昏昏闷闷"的原则,置若罔闻,只管悄然待在它落下的位置上。

"说你哪!"牢骚满腹的"小子"信(想当然这是一位小子写的)对"老子"信的蔑视更加生气,断喝一声:"就你骨头沉!吃得太好了!"

"合抱之木,生于毫末;九层之台,起于累土;千里之行,始于足下。""老子"信细声慢语地说。

"耍什么嘴皮子!你那里头装的什么破烂玩意儿!一砸进来把别人都砸了个大筋斗!"有牢骚的人说话难免夸大。

"天大,地大,道大,人也大。""老子"信只顾摇头晃脑。看来那心得确实没有什么能让人记住的,所以它只能复述原文。

奇怪的是"小子"信一听得"人也大"这一句,满腹恶气忽然消了。它往下坐了一坐,稳住身躯,要想想这句话的意思。

这时一个贴着"宝钗扑蝶"邮票的淡绿色布纹纸信封讲话了。它那淡绿色仿佛带着香水味儿。"境遇不好,免不了要发火发牢骚。只是还得想出办法来。不然嚷一阵有什么用呢。"

"还得防肠断呐。"在它邻近一个贴着"惜春学画"邮票的黄色布纹纸信封友好地附和。

"你姓张?"绿信封发现黄信封上写着张缄。

"写我的人姓张。"黄信封说了主人名字。

"我就是写给你的!"绿信封高兴地说,也说了自己主人名字。接着说:"我们上周在公园谈得很好。很愿意和你再见面。你下星期天有空的话,到紫竹院去好吗?也许还能划划船。"

黄信封也一本正经地背诵:"上周游北海甚乐。从来没有和任何人谈得这样愉快。如能再见到你很荣幸。下个星期天到紫竹院去如何?我从上午九点起在门口等你。"

两封信交换了内容,不觉笑出声来。真有意思,这两个人想的全一样!

在它们的笑声里,响起一阵抽抽搭搭的哽咽。另外两封信也发现对方便是收信人,也在交换内容。这两封信都有一种心不在焉的神气,信封像是信手拈来的,邮票在一封信上歪着,在另一封上倒着。

邮票歪着的信说:"我们来往已经两年了。你一点儿也不理解我!我没有时间。就算头悬梁锥刺股,也争取不到足够的时间。也许我根本不该考虑组织家庭。"

邮票倒着的信说:"我也曾立志做居里夫人那样的人,可是那太乏味了。居里夫人到郊外去远足,连一声鸟叫都没有听见!每个人能提供给社会的价值有大有小,我只想努力做好一个普普通通活泼泼的人。我希望我的家庭也是如此。看来我们最好分道扬镳。"这最后的话是伴随着哽咽说出来的。

"老子"信悄然叹息了。它觉得有点莫名其妙,这纯粹是那篇心得闹的,若只有《老子》原文,它会永远无动于衷。

几乎所有的信都不能无动于衷,大家都要说一说自己承担的使命。一时间邮筒里一片嘈杂声,如果有人注意来听一听,是会大吃一惊的。在各种诉说中,邮筒里出现了奇特的景象。有"特异功能"的人也许能看见。在和"老子"信相对的另一半筒里的一个白信封上,出现了一位五十多岁的妇女,当然小得像个玩具,可她是活的。她身披一件暗色碎花长夹衣,跪坐着把头凑近信封,在找什么。她的黑发间有窄窄一条白发地区,宛如系了一根白缎带。她在喃喃自语:"可别写错地址。我给老朋友的关心太少了——小猫——"她想到这亲切的绰号不觉微笑。"小猫不会怪我吧?你千万要经得起呵——"她长叹。叹息声混在嘈杂中消失了。她查清地址无误,放心地坐直了身子。

诉说使命的高潮渐渐低落了。在"老子"信旁边,响起一阵窸窣的声音。在一个自己糊的旧牛皮纸小信封上,冒出一个七八岁的孩子,也小得像个玩具。他只穿着小背心小裤衩,像是从被窝里跑出来的,皱着眉嘟着嘴,仰着眼泪汪汪的一张小脸,望着"老子"信。"老子"信的大信封当然很有饱学之士的气概,孩子无需多思索,便央告道:"大爷,您给看看,我这信有错字没有?谢谢您!""老子"信很为难,它的纸上没有写该挑出别人信上的哪些错字,不过它不忍拒绝孩子,睁大两只邮票眼睛,费劲地看了。

那信的内容如下:"妈妈是个好裁缝,可是不让她做活,不批准,她不会走后门。爸爸爸爸,你就不管我们啦?"接着打了至少十个惊叹号。信封上的收信人是并排两个:"中央纪律检查委员会"和"亲爱的爸爸"。

"老子"信虽然满纸心得,对于"栽"应该是"裁","淮"应该是"准",却不能发话,只好本着"无为"的原则,默然不语。

孩子在信封上站起身来,想走近些听"老子"信的教诲。在他站起身时,觉得眼前猛地一亮,他循着亮光看去,看见了那边半圆里的女先生。从邮筒扁嘴射进的阳光照在她的银发上,发出好看的光辉。她也正看着孩子!她一定会帮忙的。孩子和女先生对望着,正要说话,就在这时,忽然从扁嘴里落进一样不是信的东西。邮筒里落进些干树枝碎石头本是常事,这东西却是活的,嗤嗤作响,原来是一盒烧着了的火柴!信件顿时大乱!"老子"信首当其冲,昏昏也罢,闷闷也罢,它烧着了。因为氧气不足,火烧得不旺,但火舌文雅地吞着一封又一封信,不消多久,半邮筒的信件都成了灰烬。

像任何事都有例外一样,这里有一个幸存者,就是最先投进的那封"小子"信,火舌只吞了它的一个角,便熄灭了。

"小子"信埋在灰烬中,一方面因为浓烟呛人而愤愤然,一方面关心地从灰烬中往四处看,说了一句话:"那孩子,那孩子和老太太,逃脱了没有?"

因为出了这次事故,知道的人很久都不敢用这个邮筒。投信的人少多了。它隐在绿丛中,很觉寂寞。邮筒里的火灾和邮筒无关,但只有邮筒蒙受不被信任的惩罚。

好在人们的记忆都有期限,时间久了,也就淡忘。没有等到树叶变黄,邮筒里又热闹起来。女先生对故人的关心和孩子对爸爸的呼唤是永远失落了。至于那该结识的结识了没有,想分手的分手了没有,还有两个玩具般的活人的去向如何,都不得而知了。

1983 年 10 月

(原载《童话》1984 年第 8 期)

红菱梦迹

这是一个秀丽的湖。湖岸曲折,两面有山。一面敞向太湖,白茫茫的湖水,不知流往何方。一面是个小渔村,村中的旧石板路,连同它的名字——红菱村,据说都是明朝遗物。村边有座十孔长桥,跨过湖水和几条小河交汇处,和山脚连接。近山顶有座庙宇,明朝时,每年定期有庙会,想来从山上到桥上都是热闹的。

很多年来,这里冷清萧条,小渔村在饥饿线上挣扎着。挣扎了多年,居然活过来了。人们和欢蹦乱跳的鱼一样兴高采烈。小村里除了渔人登船撒网,农民下田种地外,还不时有些游人,来寻访一点儿江南水村的风情。那条十孔长桥,常常是观赏研究的对象,不过它是否应列为文物,迄今并无定论。它很简陋,只是式样古拙不俗,两头栏杆上,各有一个昂头的石龟,龟背是光滑的,没有裂纹。自命不凡的游客会歪着头看半天,以示自己的欣赏水平和研究癖好。

这年秋天,冷清已久的长桥和石板路忽然都热闹起来。路旁的树,虽然还很绿,已不很浓密。桥下的水浅了些,露出岸边玲珑的石头,十分清寥。五天一集,路两边摆满各种小摊。桂花糖粥、糯米圆子、南式炒面,只那香味便令人垂涎。那土特产也都是笔筒、墨盒、砚台之类,很是雅致。在各种摊子中,最触目的是红菱角,隔几个摊便有一筐,又红又大又水灵。从北方来的游客总要大吃一惊:"这是什么?"便纷纷拿出书包、手帕、大信封等等,有的就顺手扯张报纸,总之都要买一包带着。买了这包红菱似乎就买得江南秋色了。

卖红菱的多半是老人和小孩。他们不吆喝,只默默地称菱角、数钱,脸上带着笑。系花围腰的姑娘们担着红菱在桥上走,不时听见有人唤:"红菱!"原来这里很多姑娘的芳名都叫做红菱。她们习惯半低着头走路、挑担,据说她们的不知多少代的祖母脸上有些毛病,所以这些姑娘举止不同现代青年。好奇的旅客仔细观察,却见个个如花似玉,毫无瑕疵。人们在集市上走一转,便发现在桥堍处有一筐菱角,最红最鲜。卖菱角的是个干瘦老人,他的水分大概都到菱角里去了。本人简直像一片风干了的鱼。脸上的皱纹深如刀刻。只有他,没有一点儿笑容。一个想入非非的旅客几乎脱口问他:"您也是明朝的?"当然他不能这样说,他只说:"真想和您聊聊,您一定有不少故事。"

老人有点惊异地看他一眼,目光迷惘而神秘,皱纹动了一动,还是没有笑容。"都在皱纹里藏着呢!"旅客想。他走到街的尽头,转了一会儿,又捧着一块糖糕踅了回来。他以为还是和卖菱老人谈谈最有意思。可是老人不见了。筐里的红菱已剩不多,两边的角翘着,当中的角鲜红中透出一点儿淡青色,越显鲜亮可爱。"原来菱角真是有角,无怪叫菱角呢。"他慨叹生活中无处不是学问,一面向四处张望,想把消失了的老人从秋色里挖出来。

近旁一个小孩怯怯地说:"阿爷吃老酒去哉。"他用乌黑的小手指着山脚那边。

北方旅客立刻向山脚走去。不知为什么,他非常想听老人讲话。他走得快,一会儿便离开了热闹的街市,上了一条小路,转了几个弯,他已置身于一个幽静的山坳。坳中古木参天,浓绿中稍觉萧瑟。一片树丛中有一个草棚,走近时,见老人正坐着自斟自饮。矮桌矮凳都是树根做成。旅人后悔没有带瓶酒来,踌躇着不敢上前。老人招招手,要他坐在对面树墩上。

"吃一杯?"老人从一个很脏的瓶子里倒出一杯酒,杯子也黑乎乎的,酒的颜色很淡。旅人迟疑了一下,有没有传染性肝炎? 顾不得了。他接过杯子,友好地向老人举了一举,便试着抿了一口,想不到这看来淡薄的酒竟这样芳洌,他不由得一口便喝干了。

他看见老人对他友好地笑着,但神气有些异样。刹那间,他周围的一切都发出柔和的光。草棚变了,他坐在一间精致的阁子里。他没有来得及细看阁子,就发现老人离开树墩,弯了身子,老人也在变!他的背上一闪一闪,出现了一块块的龟甲。旅人揉揉眼睛,眼前是一只桌面大的乌龟,高高地昂着头,清楚地唤着:"红菱!红菱!"

大龟身旁蓦地出现一个古装女子,这也是明代服装么? 她的衣裙是淡蓝色的,宽宽的白飘带拖在身旁。她似乎窈窕而年轻,只是双手捂住脸,看不见她的容貌。泪珠儿从她指缝间滴滴答答流下来,落在大龟身上。这是谁呢? 哪一位仙子? 有这样哭着的仙子么?

旅人想自己是醉了。这酒好厉害。

红菱在王母娘娘面前领了法旨,出了南天门,脚踩祥云,飘飘扬扬,往下界而来。她真高兴。云彩和她闹着玩,忽然变做万仞高山,忽然变做深不可测的湖水。她左顾右盼,不时把飘带理一理,它们飞舞得太高兴了。红菱的任务是到人间去,到江南胜地的红菱村畔,从湖水中取出王母娘娘的首饰匣,带回天上。风闻这是因为看守宝匣的灵龟不堪重任,宝匣在湖中不安全。至于为什么首饰匣放在湖中,娘娘没有交代。红菱很懂事,深知不该问的不问。到人间出差,是天宫女官都想得到的差事。红菱从没有想过她可能完不成任务。她从来是认真的,勤谨的,听话的。

飞着飞着,红菱几乎唱出来,她想听听自己的声音随风远去,想看看它是否会把云彩穿出个洞来,但她及时管住了自己。太不成体统了,红菱觉得自己很可笑。

一大块地毯似的白云从脚下移过了。红菱忽然看见了大地!这令人眼花缭乱的大地!她知道地上的一切都是按照天上的意旨进行的,可天上哪有这样令人眼花缭乱的景色?天上只有殿堂和甬道,这里有真的高山和湖水,星罗棋布的田野,茂密的丛林,栉比的房屋,而且这些离自己越来越近了!

红菱落在一座冰雪覆盖的高山顶上,好奇地四望。这里渺无人迹,一片洁白中只有一间孤零零的小屋。积雪拥门,似乎世界早把它遗忘了。

小屋中传出了呻吟的声音。红菱从窗口望进去,见一个满脸胡须的男子躺在矮榻上。"你怎么了?"红菱又惊异又同情。

"我生病,在等死。"那人呻吟道,"我像野兽一样在等死。"

"死?"红菱没有生和死的概念。

"以前患不治之症的人到高山上来是怀着希望的。冷空气对现在的不治之症没有用。我来是为了避免展览我的痛苦。"

红菱紧紧抓住在冷风中飞扬的飘带。

"你从哪里来?小姑娘。"病人艰难地说,"你冷吗?请进来休息罢。我把房间让给你,反正我是无所谓了。"他说着便想坐起来。

"不!不!"红菱忙向后退,"我不冷。"

"我要见我的亲人!"病人忽然厉声叫道,"叫他们来,叫他们带着开采湖矿的成绩来!"他喘吁吁地指着地下,"在下面!"

红菱不知他的亲人在哪里,也不知该怎样对他说话。向山下看,只是一片白。

"也许我会自己去,我该自己去。"病人喃喃地说。

红菱绕着小屋转了一圈。"我从哪里来?"她想着,向小屋看了一眼,惘然向下飘去,来到半山腰的一块平地上。这里没有雪,有的是枯树寒鸦,一派冬日的萧索。青石案前坐着一个人,方面大耳十分精神,他正在给案上堆积如山的文件盖印。盖了印的扔在左边,不盖的扔在右边。他把文件翻过来掉过去仔细研究,绝大多数文件的命运是还留在原来地方。

"回大人的话。"一个沙哑的声音说。红菱这才看见山路上有人排着队等批件,一条黑线蜿蜒着直到山脚。说话的人迈了一步说:"我们只差这一个图章了。开采湖矿不能再拖。不然损失太大了!"

"不能盖。"坐着的人说,"送全文来!"

"这就是全文。"站着的人说,"很清楚的全文。"

"既没有国际形势也没有国内形势,既没有将来的远景也没有对过去的检讨。现在连写篇短文还得先来个'课题论证'呢,别说开这么大的矿了!你这叫什么全文!我们研究多次了。"

"我们的生命浪费得还不够么?"

站着的人大声哭了,一面哭着一面往山下跑。眼泪毫无遮掩地挂在他满面胡须上,亮晶晶的,似乎在跳动。这不是那病人么?红菱的心随着跳动的泪珠在颤抖,这种感觉在天上是从来没有的。她身不由己地随着病人到了山下。这里人声嘈杂,哨子声、各种机械撞击声,好不热闹。湖岸上有一片剑兰,大朵的白玉般的花开在剑般的叶片中,给工地减少了些乱糟糟的气氛。忙着干活的人们丝毫不注意冉冉飘落的红菱,一个个盯住病人的嘴,问:"准了么?"

"不准。"

嘈杂的声音忽然停止了,好像刀切一样。

红菱看出来,他们是在向湖底挖掘什么。她多想帮忙,这种愿望也是以前没有过的。在天上她只会听话。听话?对了。她猛地记起自己的重任。她已经到了湖边了。

湖水是半透明的,几块古怪的大石在湖底形成了一个洞穴。在这洞穴中,有一个小巧的石柜,柜门上锁着尺把长的石锁。红菱看见了石柜,烦乱的心绪一下子平静下来。她的任务眼看就完成了,别的事本来和她没有关系。脚下的祥云如同一只小船,载着她向湖中心飘去。她的脚稍一用力,祥云四散,她便缓缓地沉入水中。

"你是何人,胆敢到此?!"忽然一声断喝,红菱看见一只桌面大的老龟仰着头对她怒目而视。这就是看守宝匣的灵龟了。她取出开石柜的钥匙,那是一个闪光的小红菱角。小红菱角随着长袖一闪,老龟的表情变了,小眼睛显出温顺又有些凄楚的神色。"既是上天使者,我这里有下情禀告。"

"龟将军有话请讲!"红菱微笑道。她见大龟那烦乱凄楚的眼神,心里很同情。在天上千年,她的心也没有下界来一会儿这样多的波动。所以人要老要死呢。"将军守宝有功,返回必当向娘娘禀报。"

大龟凄然地摇着小头："我没有功,自以为也没有罪,倒是有点不同的看法。——你且看。"他用头向石柜点点,红菱一看,不觉大吃一惊！只见柜门从上到下裂开了一条缝,挂锁处石环一掀一掀,好像有一股力量在把它拉开。"这是人的力量。"大龟解释道,"人的力量越来越大,他们要把宝匣取走,因为宝匣对他们有用。"

红菱一扬手中的钥匙,上前便要开柜取匣。"且慢！"大龟喝道,"你还没有听我的不同看法。"它顿了一顿,慢慢说道,"宝匣上天无用,还是交给人类为好。"

红菱真是闻所未闻,怔住了,只管看着大龟。大龟冷笑道："我是大逆不道么？有人说我玩忽职守,偷喝老酒,才让人发现了宝匣。有人说我本是奸细,里通外国。怎么说我都不在乎。只是我要说一句,珍宝不应放在天上,应该为人造福。"它见红菱怔着,放低了声音说,"里头有元素,能治病！"

"元素？"红菱不解。

"元素。"大龟坐守湖中千百年,什么都听过、见过了,"能治病。"

红菱想起高山顶小屋中的病人,想起半山腰排着队等批示的黑线,想起湖岸劳动的场面。人类在奋斗,向自然,也向自己。她怎么没有想过怎样帮助他们？她该问一问的。可是交出宝匣的事太大了,她怎敢做主？她把钥匙拢在袖中,轻拂飘带,向水面升起。"我要禀报娘娘,再请法旨。"

"姑娘！"大龟向前行了一步。红菱已升到湖面,脚下祥云聚拢,冉冉向空中飘去。她飞得很慢,她在思索。

湖岸上人们仍在紧张地劳动,洞井中吊车上上下下,隧道里车辆进进出出。大家的表情严肃而呆板,有一种沉重的气氛笼罩着工地。湖岸上大丛剑兰旁有一间小屋,红菱看着很眼熟。人们不断走过去看一眼,低声问句话,又回去工作。

小屋中传出尽力压抑的呻吟声,这声音也这样熟悉。红菱移步过去,看见果然是那高山顶上的病人端坐在矮榻上。他对红菱点点头,轻轻说:"我惦记——可我已经没有力气了。"

"我能做点儿什么?"红菱忍不住问。没有等他回答,她便把飘带递给他。他拉着站起来,笑了。

他快步走过隧道和洞井,走到长桥中央。这时桥的另一端,出现了那方脸大耳、精神饱满的人,他正缓步走上桥来。

"不准动工!"他厉声说,"你们手续不全。"

病人疲惫地倚着桥栏杆,冷然看着他。

"你听见没有?"那人又吼了声,回答他的还是沉默。

"开矿从来都要有祭品,你不知道?"那人换了口气,讥讽地说,"你不过想早点得到新元素救你自己罢了——能有用么!我怀疑。"

病人猛然站直身子,平静地说:"我不是古代的牺牲,也不是中世纪的祭物。我希望我的生和死能使历史进展得快一些。"他慢慢地看着山峰、湖水和停下劳动看着他的人群,把飘带递还红菱。大家不知他要做什么,他猛然双手一扳栏杆,纵身跳下桥去,落在湖中。整个湖面轻轻摇了一摇,又恢复了平静。

人们呆住了。停了一会儿,方脸大耳的人大叫起来,往人群跑去,不见了。人群缓缓移动着,沉重地,悲哀地,聚在树阴下剑兰边的小屋旁。他们把小屋抬了起来。

红菱也呆住了。停了一会儿,她从袖中取出小红菱的钥匙,向湖中心抛去。只听得一阵音乐的声音,从湖中心冒出一个光华四射的圆球,像个小太阳,光辉和水从圆球上流下来,显出一个书本大的菱形宝匣,匣盖和四周都用宝石镶嵌出云霞的花样,云霞和水波一起向岸边涌来。

"出矿了!出矿了!"隧道和洞井中忽然欢呼起来,地面上的人把小屋向空中举了三次,默默地放下了。

"出矿了!出矿了!"山和水都唱着。红菱也想大叫一声,她忽然发现水面上的宝匣没有了,露出光光的桌面大的龟背。

"你还不快走!"大龟仰起头,向红菱喝道。就在它说这句话时,雷电交加,风雨大作,只听一声巨响,红菱觉得有千万钧力量向头顶压来,她仰面挥动飘带,猛然像有数不清的利刃扎在她脸上,使她痛彻心髓,跌倒了又爬起来,踉跄地向长桥下跳去。

这一座普通的石桥,能遮蔽她么?

大龟努力向她游来,它愿意用自己的背遮蔽她。又是一声巨响,惨白的闪电划亮了阴暗的天空,闪电咔嚓嚓在龟背上锯着,把光滑的龟背锯成一块块。"是在锯我么?"大龟在汹涌的水浪中挣扎着,伸着头,慌张地寻找红菱。

就在这时,长桥的十个桥孔漾起一片虹彩,每个桥孔都升起了一个红菱姑娘,淡蓝衣裙,宽宽的白飘带,飘然向湖面去了,紧接着又是十个红菱姑娘从桥孔下升起来,十个接着十个,不一时站满了整个湖面。她们都是淡蓝衣裙,宽宽的白飘带。分不清哪个是天上来的女官,哪个是红菱村的姑娘。

风雨雷霆激怒地咆哮了一阵,可以有点交代,也就收兵。龟将军的背一块块裂着缝。它现在才觉出疼来,疼痛紧紧箍着它,使得它缩着头,想沉到水中去。

忽然一滴温热的雨落在它背上,一滴,又是一滴。它舒服多了,探头出来张望。

"红菱姑娘。"它轻轻说。原来它身边围了一圈儿红菱姑娘,她们正在哭。眼泪滴下来,滴下来,滋润着它的伤口。最靠近的一位用手捂着脸,她要哭的事很多,是哭那病人的死?是哭龟将军的裂纹?还是哭她自己永远毁去的容貌?

"红菱姑娘。"大龟悄声说。所有的一切,都向湖中沉没了。

想入非非的旅客忽然醒了,手里拿着咬了一半的红菱。他在旅游车上坐着,打个盹儿的工夫,已经快到县城。那湖、那桥和明代遗下的小村都不见了。眼帘中只有不算高的山,山顶是碧绿的。

1983年11—12月

(原载《作家》1984年第9期)

无 影 松

钩子从家里出来,在门口伸长了身体,打了一个呵欠,觉得精神倍增。它没有多思索,很快地捯换着四只小蹄子,轻捷地向湖边那一片松林跑去了。

钩子是一只三色猫,白色长毛上有两三块黄和黑,好像现代某一派的画,那颜色似乎是随意泼洒的。因为有这写意的特点,主人又是一位诗人,所以它极富于想象。它除嗜鱼外,有着异乎寻常猫的癖好:喜欢在松树林中散步,而且和一棵英姿挺拔的年轻的松树是莫逆之交。

这一片松树林面积不大,每株树相距很开,远望去却也黑压压一片,和湖水的碧蓝相映生辉。走近了,就看出每棵树都有自己的姿态,有的直指青天,有的斜倚长石,有的如佝偻老人,有的如英俊少年。它们不同的风格也相映生辉。其中有一棵格外英挺的松,树干很直很高,到近顶处有侧枝曲盘如龙蛇,顶端的枝丫向四周披撒,形成一个大而厚重的华盖。这是钩子的好朋友,素有松树王子之称的一棵出类拔萃的松树。

因为诗人的一个亲戚请钩子前去捕鼠,它有月余没有到这里来了。林中新鲜的空气使它高兴得连跑带跳。众松见钩子到来,有的轻摇松针,有的虽纹丝不动,那藏在树顶繁枝中的脸庞上也显出愉悦之色。钩子有时停下来打一个呵欠,又继续在松中穿行。它看不见众松的脸,却看得见它们的影子躲在树与树之间的空地上。它知道众松很珍爱自己的影子。影子虽因阳光强弱有颜色深浅不同,却总是它们的生命的表现。

快到好朋友身旁了,钩子加快了脚步。近年"王子"的称呼多了,"王子"有时不免飘飘然。钩子常为它不安。正跑着,忽听一阵叽叽喳喳的闹声从松枝间传来。转过几棵松,便见一群喜鹊正围着松树王子上下飞绕,像是在开什么会。钩子对着那英气勃发的树身倒地打了个滚,站起身时,觉得好朋友身边虽多着一群喜鹊,却较别的松树似乎少了什么。它绕着好朋友转了一圈,噌噌几下蹿跳,便到了那曲盘如龙虬的侧枝。喜鹊们扑棱棱惊散了。

"王子就得有王子的谱么!"一只飞开去的喜鹊的话飘过来。

钩子拣了个树杈蹲卧下来,惬意地歪头去看好朋友的脸庞。它猛地又跳起来,弓着背在枝上退后了几步。

不知为什么,好朋友怒容满面。它的脸和众松的脸一样是依着树皮的纹路显示出来的,不很分明,可是很富于表现力。此时只见它眉头深锁,嘴唇紧闭,那不分明的脸的轮廓分明拉长了。

"你怎么了?"钩子关心地问,向前走了一步。

松树不答。

"好朋友!"钩子那如同折断了的钩子般的尾巴竖起来,压低了声音问,"你怎么了?"

"还问我怎么了!你能不能识相点?"原来好朋友松树在生钩子的气。

"我怎么了?"钩子还不识相。

松树王子懒开金口,只对钩子怒目而视。

钩子躲过它的目光,向树下看去。见众松在斜阳下都有一片黑黑的影子,"王子"身下却只有很淡的模糊的一条灰色,还在摇摆挣扎,好像要逃走。而这时没有风,树身也没有动。

"你看!你看!"钩子惊诧地瞧着那灰色。松"王子"并不惊异。这些日子,自己的影子越来越淡,它早已知道。起初还有些惶惑,觉得是病,但喜鹊们说这正是它不同凡响的伟大表现,它也就逐渐心安理得,在"王子"的称号中继续飘飘然。

"大惊小怪!"它不耐烦地说。

钩子想,好朋友一定病了,脸上显出温柔的同情,因为同情,温柔中有几分乞怜,那是一切猫的短处。

"去你的!"松"王子"勃然大怒,"谁要看你这种劲儿!"它猛地摇动枝丫,钩子不留神,掉了下去。它忙施展猫的绝技,在空中翻了个身,稳稳地四脚落地。

"哈哈!"喜鹊们笑了,"拍马屁没拍着。"

对了。钩子忽然明白松"王子"为什么生气了,是因为它到松树中后,一句捧场的话没有说,反而搅散了一伙捧场的喜鹊。

这时松树林中忽然骚动起来,众松似乎都很不安。没有风,却形成一阵阵松涛。不少松树侧身向王子身下望,像是在寻找什么。

"影子没有了!影子走了!"喜鹊们喊喊喳喳传播着。

钩子好一阵都不敢看,鼓起勇气看时,果然,在松"王子"身下,那淡淡的灰色也没有了,显得十分光秃秃。钩子又害怕又伤心。努力抬头往上看,茂密的松针遮住了好朋友的脸,只能见树身近根处的筋络,仍是那样强壮有力,好像举重运动员臂上的筋肉。只是上面涂满浑浊的黏液,让人很不舒服。

"无影松!这是世界一绝呵!"喜鹊们马上想出新的词汇。

钩子坐在地上,厚厚的松针软软的,它却不能分辨。它瞧着树的筋络,想起过去的一个暴风雨的夜晚。雨可真大!雨点劈头盖脸打下来,打得钩子晕头转向。忽然,这棵无影松的树身慢慢打开了,像往旁边推拉的门一样。这是让它跳进去避雨!钩子毫不犹豫纵身跳进去了。里面很暖和,周围是芳香的松木,它转着圈准备卧下,没有任何阻挡。等它睡好了,却又同在窝里一样有着依靠。一切都是干净明亮的,能看见远远伸在泥土中的根把水分吸上来,能听见生命滋长的欢快的声音。那是它和松"王子"订交的伊始。

"滚回去!讨厌的猫!"喜鹊们俯冲下来,钩子跳开了。

现在无影松再不会打开树身遮蔽小动物了。它的筋络全锈住了。钩子忽然在锈住的筋络中看见一个圆洞,它忍不住又跳过来伸头去看。树身里乱糟糟黑黢黢一片,这里再不能给任何东西一点儿位置了。但也没有实在的木头。虚荣和昏庸使"王子"失去了松的本质,以至阳光也无法给它一个影子。它站在众松之间,光秃秃、孤零零的。

"松树虽然生来不同凡品,品格总还要自己培养。"钩子很想讨论这一问题。一种腐烂的气味使它一阵头晕。它为了记住自己的想法,便大声说了出来。

"你偷看什么?!""你敢反对无影松!"喜鹊嚷嚷开了。

钩子自问并无此意,它是在思索抽象的道理。但是一只大喜鹊斜掠过来,尖喙擦在它的皮毛上。它惊恐地蹿到另一棵树后,定了定神,就向树林外跑去了。

它吃力地跑着,觉得沉重的悲哀正向全身弥漫,无暇注意一路遇到的邻居猫、亲戚猫,还有捕鼠竞赛中胜了它或败给它的猫。于是它还没有到家,敌人已多了几倍。而且关于它的传言,已先期而至了。

"我的影子是钩子偷走的。"一只追踪的喜鹊在门前传达无影松的话。

钩子缩在窝中,怔怔地望着主人。它无法描述自己的悲哀。不然诗人倒可以据此写出一首好诗来。

1985年元月中下旬

(原载《东方少年》1985年第5期)

星 之 泪

天已经黑了。镶嵌在蓝黑色天空上的小星星,一颗颗亮了起来,比赛似的顽皮地眨眼。大多数的星都是快活爽朗的。它们关心地俯视着黯淡的世界,常常对人世间的事作出反应,那是它们绝好的消遣。其中有一颗星生性多愁善感。它为下界担忧,担忧到能流下泪来。其实那是于事无补的。

星星们此时正专注地看着遥远的北方森林。森林里走着一个少年。他循着铺满落叶的崎岖小路向前走,每一步都把脚高高地提起,又重重落下。他已经很累了。但他还是走,向前走。

少年来到一片水洼地。这里没有树,有的是在泥水中的一个个生满长草的小圆堆。当地称为蹋头垫子,这一点忧郁的星不知道。它提心地看着少年吃力地跳着,用心踩上草垫。忽然,他一下没踩准,掉在泥水中了。那颗忧郁的星向下一沉,它见过多次这吓人的场面了。可它每次都吓得向下一沉,然后努力变得亮些,好让少年看清楚。

整个天空都亮了几分,许多快活的星都叫出声来:"当心!"少年急忙用两手撑住两边的蹋头垫子,慢慢地爬出来。他很有经验了,不能挣扎乱动,否则会越陷越深,甚至灭顶。

少年又上路了,夜风吹着他湿透了的单薄衣衫。他的目的地是小镇上的一个小图书室。他是守林人的儿子。白天他得帮助父亲照管森林,工作之余才能动身到二十里外的镇上去看书。他那小小的头脑渴望知识。他觉得读书比吃饭更愉快,更使他满足。今天他更盼着早点拿到他要看的一本历史书,生怕别人先借了去。快到小镇了,路渐渐平坦了。他越走越快。到了那简陋的图书室,他几乎是冲进去了。

"我借这本!"他扑到那本书上,一把抢过,先在胸前抱一会儿。

星星们也安心了。忧郁的星闪了几下,似乎在微笑。

千里外的一个大城市里,有一栋漂亮的高楼。楼中几百盏明灯,比星星亮多了。其中一个房间布置得舒适雅致,四壁图书。这时有一个和少年年纪相仿的女孩,正坐在地毯上,气呼呼地用力翻着一本书。她是在对爸爸妈妈发脾气。"你们总叫我看书,有什么好看的!"她翻一本扔一本,忽然抓起一本书,"嚓"的一声撕下了好几页。这"嚓"的一声惊动了星星。忧郁的星因为多愁善感,竟颤抖起来。那和眨眼很不一样,谁看见星星颤抖都会难过的。女孩把撕下的书页又接连撕了几下,碎纸纷纷落在地毯上。就在这一刹那,天空中落下了奇怪的雨滴。雨滴不多,都有核桃大,它们五色缤纷,还亮晶晶的。楼中不少人看见了,有人跑出来。"下雨了!""有颜色的——还发亮——"人们叫道。

"花冰雹!"一个孩子说。

女孩也跑出来,但她什么也没有看见。她看着星空,许多星星都似乎在皱眉。她有些不安,不过她又回到房间里,就忘记了星星的模样。世界上没有什么能给她留下深刻的印象。

她睡在柔软的床上了,还在恨声不绝,责怪大人一定要她按时作息。可是她很快就进入了梦乡,舒服又畅快。

这时那劳累了一天的少年正在回家的路上奔波。夜已深了,他一路回味着书中的一切,觉得自己十分丰富。他大步走着,好像在飞,轻快地平安跨过了那些踢头垫子,走进森林。茂密的树林没有完全遮住星光。要知道,透过那一层层的树叶,星星们费了多大力气呵。

"谢谢,小星星。"少年在一个岔路口站住了,这里树木较稀,可以看到一大块儿闪烁的星空,他每夜都要在这儿站一会儿。

少年睡在自己的木板床上。他睡得深沉。星星们隔着窗子看着他。忧郁的星轻轻叹息,一阵轻风,飘过散发着树木香味的窗棂。

"应该让这两个人换换位置。"好几个快活爽朗的星大声说。

"不!不!"梦中的少年忽然坐起来,"我不想替代任何人。我只希望每个人都有丰富自己发展自己的机会。"

伟大的愿望!这一回不只那忧郁的星颤抖了,它的情绪几乎传染了所有的星。空中洒下了大滴的光亮的雨,灿烂的颜色一时间照亮了夜空。森林中的小动物从巢穴中探出头来,有的还站起来高兴地抖抖身子。美丽的光辉充塞在宇宙间,虽然那并没有实际的分量。雨滴落下来,就悬在少年的窗上,好像一排彩灯。轻盈的、温柔的,虽然就在窗上又似乎无比遥远的灯,照着少年的梦。

少年仍睡得深沉,而且一直在微笑。

1985 年元月 22 日

(原载《儿童时代》1985 年第 5 期)

锈损了的铁铃铛

秋天忽然来了,从玉簪花抽出了第一根花棒开始。那圆鼓鼓的洁白的小棒槌,好像要敲响什么,然而它只是静静地绽开了,飘散出沁人的芳香。这是秋天的香气,明净而丰富。

本来不用玉簪棒发出声音的,花园有共同的声音。那是整个花园的信念:一个风铃,在金银藤编扎成的拱形门当中,从缠结的枝叶中挂下来。这风铃很古老,是铁铸的,镌刻着奇妙的花纹。波状的花纹当然是水,小小的三角大概是山,还有几条长短线的排列组合。有人考证说是比八卦图还早的图样,因为八卦的长短线都是横排,而这些线是竖着的。铃中的小锤很轻巧,用细链悬着,风一吹,就摇摆着发出沉闷的、有些沙哑的声音。春天和布谷鸟悠远的啼声做伴;夏天缓和了令人烦躁的坚持不懈的蝉声;秋夜蟋蟀只有在风铃响时才肯停一停。小麻雀在冬日的阳光中叽叽喳喳,有时会站在落尽了叶子,但还是很复杂的枝条上,歪着头对准风铃一啄,风铃响了,似乎在提醒,沉睡的草木都在活着。

"铁铃铛!"孩子们这样叫它。他们跑过金银藤编扎的门,总要伸手拨弄它。

"铁铃铛!"勉儿,孩子中间最瘦弱的一个,常常站在藤门近处端详。从他装满问号的眼睛可以看出,他也是最喜欢幻想的一个。

风铃是勉儿的爸爸从一个遥远的国度带回的,却是个道地的中国古董。无论什么,从外国转一下都会身价十倍,所以才有那些考证。爸爸没说从哪一个国家,只带笑说这铃有巫师施过法术。勉儿知道这是玩笑,但又觉得即使爸爸不说,这铃也很不一般,很神秘。

风铃那沉闷又有些沙哑的声音,很像是富有魅力的女低音,又像是一声长长的叹息。

勉儿常常梦见爸爸,那总不在家的爸爸。勉儿梦见自己坐在铁铃铛的小锤上,抱住那根细链,打秋千似的,整个铃铛荡过来又荡过去,荡得高高的,飞起来飞起来!了不得!他掉下来了,像流星划过一条弧线,正落在爸爸的书桌上。各种书本、图纸一座座高墙似的挡住他,什么也看不见。爸爸大概到实验室去了。爸爸说过,他的书桌已经够远,实验室还更远,在沙漠里。

沙漠是伟大的,使人心胸开阔。沙丘起伏的线条很妩媚。铁铃铛飘在空中,难道竟变成热气球了么?这是什么原理?小锤子伸下来又缩上去,像在招呼他回去。

"爸爸!"勉儿大声叫。

他的喊声落在花园里,惊醒了众多的草木。小棒槌般的玉簪棒吃惊地绽开了好几朵。紫薇摇着一簇簇有皱褶的小花帽,"爸爸?"它怀疑。自从有个狂妄的人把它写进文章,它就总在怀疑,因为纸上的情形确实与它本身相距甚远。马缨花到早上才反应。在初秋的清冷中,它们只剩了寥寥几朵,粉红的面颊边缘处已发黄,时间确实不多了。"爸爸!"它们轻蔑地强笑,随即有两三朵落到地上。

风铃还在那里,从金银藤的枝叶里垂下,静静的,不像经过空中旅行。勉儿的喊声传来,它震颤了,整个铃身摇摆着,发出长长的叹息。

"你在这里!铁铃铛!"勉儿上学去走过藤门时,照例招呼老朋友。他轻轻抚摸铃身,想着它可能累了。

风铃忽然摇动起来,幅度愈来愈大,素来低沉的铃声愈来愈高昂、急促,好像生命的暴雨尽情冲泻,充满了紧张的欢乐。众草木用心倾听这共同的声音,花园笼罩着一种肃穆的气氛。

"它把自己用得太过了。"紫薇是见过世面的。

勉儿也肃立。那铃勇敢地拼命摇摆着,继续发出洪钟般的、完全不合身份的声响。声响定住了勉儿,他有些害怕。这样一件小物事,怎么能发出这样的大声音呢?它是在呼喊。为它自己?为了花园?还是为了什么?

好一阵,勉儿才迈步向学校走去。随着他远去的背影,风铃逐渐停下来,声音也渐渐低沉,最后化为一声叹息。不久,叹息也消失了,满园里弥漫着玉簪花明净又丰富的香气。

草木们询问地望着藤门,又彼此望着,几滴泪珠在花瓣上草叶间滚动。迷蒙的秋雨。

孩子们从学校回来,走过花园,跳起来拨弄那风铃,可是风铃沉默着,没有反应。

"勉儿!看看你们家的风铃!它哑了!"一个孩子叫着跑开了。

勉儿仰着头看,那吊着小锤的细链僵直了,不再摆动,用手拉,也没有一点儿动静。他自己的心悬起来,像有一柄小锤,在咚咚地敲。

他没有弄清到底发生了什么事,便和妈妈一起到沙漠中了。

无垠的沙漠,月光下银子般闪亮。爸爸躺在一片亮光中,微笑着,没有一点儿声音。

他是否像那个铁铃铛,尽情地唱过了呢?

勉儿累极了,想带着爸爸坐在铃上回去。他记得那很简单。但是风铃只悬在空中,小锤子不垂下来。他站在爸爸的书桌上,踮着脚用力拉,连链子都纹丝不动。铃顶绿森森的,露出一丝白光。那是裂开的缝隙。链子和铃顶粘在一起,锈住了。

如果把它挂在廊檐下不让雨淋,如果常常给它擦油,是不是不至于?

"它已经很古老了,总有这么一天的。"妈妈叹息着,安慰勉儿。

花园失去了共同的声音,大家都很惶惑。玉簪花很快谢了,花柄下一圈残花,垂着头,像吊着一圈璎珞。紫薇的绦边小帽都掉光了。马缨只剩了对称的细长叶子敏感地开合,秋雨在叶面上滑过。

妈妈说,太沉闷了,没有一点儿声音为雨声作注脚。于是一位叔叔拿了一个新式的新风铃,金灿灿的,发光的链条下坠着三个小圆棒,碰撞着发出清脆悦耳的声音。

那只锈损了的铁铃铛被取下了,卖给了古董商。勉儿最后一次抱住它,大滴眼泪落在铃铛身上,经过绿锈、裂缝和长长短短的线路波纹,缓缓地流下来。

1988年8月末于玉簪花香中

(原载《上海文学》1989年第1期,为《童话三题》之一)

碎片木头陀

山摇地动的一声响,一个小东西从玻璃书橱上跌下来,摔成碎片。

该是瓷制或玻璃制的东西,才能摔得这样碎;该是一块铁或一块铜,才能有这样沉重的声响。赭色的碎片大部分落在书橱前,有的溅开去,直落到屋角。

"这是那木头陀!"

勉儿跑过来捡起一片,心里知道,迟早有这一天。果然站在橱顶的木头陀不见了。

那其实是一个根雕。在一小块树根上,雕出一个阔嘴长眉的头,头上勒着一个抹额;几道深浅不同的刀痕显出疏朗的须,飘洒的衣衫。只有那根禅杖是立体的,和人像间有一点儿空隙。杖很细,上面有螺旋花纹。看见它的人都说这根雕构图不好,一边重一边轻,像要摔倒似的。

勉儿在碎片中寻找那禅杖。那细细的木棍可能断,总不至于碎罢。几乎鼻子都碰到地板,却不见那禅杖。他把碎片扫在一起,忽然庆幸这时妈妈不在家,不然一定下令马上清除出去。

他呆呆地对着碎片,在想象中把它还原为木头陀的模样。

"我对你说。"空中忽然响起浊重的声音。是了,这是木头陀刚来时发表的演说,只有勉儿一人听见。

"我对你说,我不愿做木头陀!怎么把我雕成这样!我注定该一辈子漂泊化缘么?"

"雕成佛,我便是佛。佛也不见得都用紫檀木。"

若是爸爸参加谈话,他会说,照佛的本义,人人皆可成佛,可是,佛变成了官,就得用紫檀木了。

勉儿不懂这些,只安慰它:"可是你哪儿也不用去,不用漂泊,不用化缘,只要站在这儿就行了。雕成佛也是一样,不过在这儿站着——也许坐着。"

"那可不一样。"头陀痛苦地说,"我还有一个头陀的灵魂哪。我得走,我站不住。明白么?"

夜晚橱顶常发出轻轻的响声,勉儿知道是头陀在漂泊,在天冬草和一盆石子之间漂泊。"耗子。"他总对妈妈说。

天冬草和石子盆并排摆在橱顶。天冬草那披垂的枝叶间,有时缀着绒样的小白花。有时结了血滴般的小红果;石子盆中注满清水,随着阳光来去,石子变幻着光彩。木头陀的位置在天冬草的前侧。或者可以说那只是白天的位置。清早勉儿上学前,总见它移到石子盆边,倚靠着盆,似乎在欣赏清水中的石子。

"你不该在这里。"勉儿把它轻轻捉回去。

但它是不安分的。到夜晚它就要走动。那其实很艰难,因为它实际上没有腿。勉儿想象它一跳一跳,依靠那根立体的禅杖行走。若是当初雕刻出一双腿,它是不是早就逃出了这个家,去大范围地漂泊了?

它的来历无人知晓,是爸爸把它摆在橱顶的。勉儿和爸爸还悄悄讨论过它的品格问题。勉儿说它太不安分,爸爸却说它太安分,它太忠实于那头陀的灵魂,虽然它不想做那头陀。

变成碎片的木头陀！你真有灵魂么？你的灵魂该漂泊到哪里呢？

阳光移过来，抚摸这一堆碎片。忽然间，碎片堆中冒出一缕青烟，淡淡的，袅袅地向上升。"是要着火？"勉儿有点紧张。它见那些碎片匆忙移动起来，这儿一贴那儿一挤，转眼间，一个木头陀站在地上。

"呵呵！你活了！"勉儿高兴地拍手。

头陀怒目对他。"看看！找我的禅杖！"果然，他一切完好，只少了那根杖。

勉儿再次把鼻子挨着地板，还是没有收获。"它走了，那根杖走了，因为它是独立的。"这是勉儿的解释。

木头陀哭了，眼泪汹涌而出，勉儿忙把石子盆拿下来接着。泪水落在盆中，盆中石子滚动，掀起一个个浪头，当然，只是在玻璃盆里。

"我无法走动了，我再也无法走动了！"木头陀很看重它那橱顶的漂泊。

勉儿伸手想把它放回原来的位置，他不觉得摸到了什么，而那木头陀忽然矮下去，从下面碎起，一下子又全都变成碎片！

"你真碎了么？"勉儿伤心地问。

碎片堆忽高忽低，似有波涛汹涌，它们忽然又粘在一起了，是一个小得多的木头陀。它看着勉儿，阔嘴咧了一咧，似乎想笑。就在这一刹那，它又碎了，仍从下面碎起，渐渐矮下去，变成一堆碎片，只比以前少了许多。碎片仍不安分，左移右移，一会儿，又出现一个更小的木头陀。

勉儿怕它再碎，连呼小心，就在"小心"声中它又碎了。它似乎没有力气了，碎片移动很慢，挣扎着，奋斗着，却已形不成波澜,最后渐渐平息,静止了。

只剩下一堆极细的碎片,一动也不动。

勉儿怔着。

妈妈回来了,手中一把鲜红的玫瑰,使得整个房间猛然明亮起来。

"瞧你!又弄得满地垃圾!"妈妈习惯地嗔怪,她笑盈盈地把花插好,放在窗台上。又习惯地清扫房间,把那小撮碎片一扫帚扫掉,没有问那是什么,当然也没有发现木头陀的失踪。

勉儿仍然怔着,看含苞、半开和盛放的花朵闪着滋润的光,染红了妈妈的笑靥。

1988年9月初

(原载《上海文学》1989年第1期,为《童话三题》之一)

遗失了的铜钥匙

一扇普通的房门,好像通往另一个房间,其实里面是个壁橱。门上有连带着铜把手的锁,钥匙也是铜的,长柄末端有一个圈,悬挂方便,不像现在的钥匙只有一个孔。妈妈喜欢各种新潮玩意儿,惟独钟爱这古老的钥匙,用红绒线穿着,放在床头小儿的抽屉里。有时开过壁橱门,就把红绒线套在手腕上,到处走动。

在勉儿心目中,这壁橱是神圣又神秘的地方,妈妈开门时,他总要钻进去看,里面其实很普通,两层木板架,上面堆着不用的被褥,下层搁着几个箱子,箱子上放着一红一绿两个锦匣,妈妈叫它鸳鸯匣,是勉儿没有见过的祖母给妈妈的,似乎是神秘的集中点了。红匣里装着爸爸从沙漠写回来的信,以前妈妈常拿出来读,读着读着,晶莹的泪珠滴湿了信纸。这种时候,似乎爸爸就在家里,在他们身旁,勉儿觉得很平安,虽然他很怕妈妈哭。

绿匣里本来只有一个银胸针,还有些缎带、绢帕之类,近来东西多起来。三串项链用绢帕分别包着。一串红玛瑙,一串木变石,还有一串珍珠,但没有一颗圆的,有几粒较长,大概可以名之为玑,更多的是不成形的小颗粒,有的长有的扁,串在一起,也算是珍珠项链了。还有两个戒指,一个嵌着一块闪光的灰蓝色小石头,另一个嵌着的石头是紫红色,妈妈说叫做紫牙乌宝石,怎么不叫紫乌鸦,要倒过来?勉儿好生奇怪。

妈妈很喜欢这些东西,有空时就拿出来戴,坐在镜前换着戴,只从来不拿那发黑了的银胸针。这时的妈妈似乎到了怡悦自得的极高境界,神色庄严,透出一线难以觉察的笑意。这时的妈妈似乎找到了她自己,那有追求美的天性的、温存的、自我欣赏的女性的自己。

因为新东西愈来愈多,那铜钥匙已经许久没有亲近主人的手腕了。有一天妈妈把玩过那几件首饰,想把它们放回壁橱,却找不到铜钥匙。桌下床下,角角缝缝都看过,没有。勉儿放学回来,也帮着找。他特别到摆过木头陀的玻璃书橱下找,还到厨房,仔细检查了筷子笼,怕这把钥匙混杂在里面。

不见踪影。

"我没有出去过。"虽然妈妈这样说,勉儿还是到花园去看。循玉簪花径走过去,拨开每一片叶子。那些肥大的叶子足够遮蔽一打钥匙,但只有两条蚯蚓躲在叶子的荫凉下。盛开的玉簪花弯着花蕊,低声问:"要发警报么?"它们的丰润的叶子可以绷紧,让未放的花——那圆鼓鼓的小棒槌咚咚地敲。

勉儿摇头,走到紫薇和马缨前。紫薇的黯淡的小花朵愁眉苦脸,它们一定是无能为力的。马缨叶子悄然舒展着,表示这里没有任何人或物的藏身之处。

快到金银藤编扎的门了,绿叶中猛然跳出一点鲜明的红,使得勉儿一怔。

这是那拴在钥匙上的红绒线,正在原来悬挂风铃的地方,风铃卖掉已快一年了。红线从一片浓绿中露出一截,园中只有这一点红,红得打眼。

"在这儿。早该想到的。"勉儿一阵欢喜,正要跑过去,忽然觉得一种看不见的力量挡住了他。紧接着金银藤门的枝条活动起来,向两边分开,从中涌出一座巨大的双扇门,是关着的,发着幽暗的光。仔细看时,这门是大块木变石串成,串出有各种花朵的好看的图样,像一幅刺绣。门前有几个小人儿,也是木变石串成的,木偶似的一跳一跳。在做游戏么?

"让我过去!"勉儿大叫。

"不是所有遗失了的都能找到。"一个小人儿点着木变石的头,对勉儿说。

那看不见的力量向后推着勉儿,勉儿偏奋力向前推,忽然间双扇门开了。勉儿几乎跌一跤。门中又涌出一座闪烁着红光的月洞门。红光照着花园众草木,像一片绚烂的落霞。那红玛瑙做成的月洞门,便像一轮夕阳了。这近在咫尺的夕阳虽然发光,却是冷的,硬的,不流动的。下面一片绿草,随着微风摇曳,飘出和谐的轻柔的声音:

"过去的每一天都不会再来。"

"过去的每一天都不会再来!"是的!是的!可是那红绒线挂在那儿呢。

红玛瑙门开了,一阵耀眼的光芒过后,慢慢涌出一扇白色的光华夺目的门,门的样子像那壁橱,是珍珠串成的。圆圆的饱满的珍珠,绝不是项链上那些屑片。它们的光辉变成拱形的桥,一直向前伸展。桥上站着一个卫士,身子像一个环,圆圆的头顶闪着灰蓝色的光。"我是星光宝石。"他向勉儿鞠躬,随即飞快地从桥上滚下来,急速地旋转,就像一枚铜板那样。这时从花草间涌出许多雪白的、亮晶晶的小人儿,跳起珍珠之舞。

这些珍珠很轻盈,飘飘然像肥皂泡,它们的队形似乎很不经意,却都很美。每一转侧便闪着七色的虹彩。天渐渐黑下来,夕阳早已消失,显出满天星斗。星斗和珍珠互相望着,蓦然间,几颗星落下来,几粒珍珠飞上去,在空中织出各种图案,像一个发光的网,罩住了花园。

珍珠门关着。门的一侧,从远处走来一个身影,愈来愈清晰,勉儿渐渐看清楚了。

"妈妈!"他叫道。妈妈没有听见,珠光宝气拥着她。她似乎飘在空中,无法走进那扇珍珠门。

"妈妈。快看!"勉儿又叫。忽然响起玉簪花棒急促的敲打声。门的另一侧又出现了红绒线,在光辉中显出一截透亮的红,却看不清挂着什么。

是遗失了的铜钥匙么?

妈妈微笑,摆摆手,手上戴着那紫红色的戒指。随即转身,渐渐消失在光彩间。

所有的门都消失了,各种光华都向勉儿射来,很沉重。勉儿挣扎着想逃开,但是光线愈逼愈紧,慌张间又见好几颗星星向他头顶落下,他想伸手去拦住,忽然醒了。

妈妈正俯身抚着勉儿的头,手上闪着紫红色的戒指。

勉儿很想哭,哑声问:"找到了吗?"

妈妈微笑,接着是一声轻轻的叹息。"你梦里也惦记着,其实不必的。"

其实不必的。

1988年9月中旬

(原载《上海文学》1989年第1期,为《童话三题》之一)

七扇旧窗

一个小花园里,有一棵大松树,松树下面有草地,有花圃。松树顶上,有一个精巧的鸟窝。窝里坐着两只喜鹊。它们彼此看着,互相啄一下,那是亲吻;又互相梳理羽毛,那是爱抚;然后再对望着,眼睛里似含着笑意。这窝半藏在繁茂的枝叶间,窝里铺了一层树叶,又有一层棉絮,是花园主人见它们做窝,特地拿出来放在草地上,送给它们的。

花园主人是一位孟姓老太太,已有八十多岁了,寄给她的信封上写着孟纵先生或孟纵女士等等。孟纵是她的名字,只是鸟儿们不认得,它们只能根据自己的嗓音叫她"喳喳"或"叽叽"。她在草地上放置石盆石板,经常换贮清水,撒些米粒果仁,让鸟儿们来啄食。她还扶杖站在一旁,防卫猫儿袭击。来吃喝的鸟儿很多,但住在花园里树上的只有喜鹊一家,它们和老太太是邻居,所以格外亲热。

花儿们也得孟纵照顾。断根废枝经老人一摆弄,也都成活。这里的花此落彼开,除了冬天,总有各种绚丽的颜色。

花园里的房屋小而旧,格局却很别致。窄窗七扇,都有细致的雕花,把玻璃分割成小块,两扇连在一起,成为三个大窗,其中一个格外宽大,可以望见远处青山绿水。近处有一小溪,清水汨泪流过。孟纨说,那是山水的窗。还有一扇特别窄而长,窗上雕花比大窗更考究。窗经常开着,室内室外似乎连成一片,清幽的绿把整个居室都染透了。孟纨已在这里居住多年,许多亲戚朋友在这花园里得以和自然相亲近。随着年龄增长,她的亲友们都已足不出户,只有重孙孟里常来探望,有时留下住几天。但是孟纨的生活平静而愉悦,她似乎并不寂寞,她的窗是开着的。

鸟儿们常到窗台漫步,一跳一跳,伸着头颈向室内张望,但它们从不进屋。鸟儿们中喜鹊是最漂亮的,它们的尾巴很长,有一种灰蓝的颜色,看起来十分光滑柔软。孟里总是对喜鹊说:"喂喂,你怎么不开屏呢?"

根据孟里的建议,将两只喜鹊命名为喜喜和欢欢。喜喜大些,是那位先生,欢欢小些,是那位女士。

这是一个微雨的初夏的早晨,园中紫藤萝垂着几串花穗。布谷鸟的歌声穿过雨丝在空中回荡。喜喜和欢欢从窝里飞出来了。喜喜说:"布谷鸟在外边,我们去看它。"它们飞到花园不远处的游戏场,见布谷鸟坐在秋千架上休息。三个朋友坐成一排,不用发言,便感到友好。喜喜在中间,左看看,右看看,很是得意。布谷鸟站起来,抖抖身子,正要啼叫,忽听"啪"的一响,喜喜喳喳大叫起来,欢欢掉在草地上,扑扇着翅膀,一只脚爪变成红色,它的腿断了。

一个顽童举着弹弓,继续向喜喜瞄准。

"小朋友,不能伤害鸟儿。"不远处传来慈祥而坚决的声音。紧接着,孟纨来到秋千架下。她走得很快,像是飘了过来。

顽童逃走了。孟纨俯身看视,欢欢翻翻眼睛,它感到安心。喜喜站在它身边,啄它一下,抬头看看孟纨,"喳——"它说,似乎在祈求她的帮助。孟纨小心地拾起欢欢,用手帕托着,向家里走去,两只鸟儿在她两边慢慢飞。

孟纨在窗台上为欢欢包扎好了,把它放在一只篮子里,问它:"够舒服吗?"它翻翻眼睛,扑了两下翅膀。它们的动作看去差不多,却可以表示很多意思。这时是它在说"谢谢"。一个小报架放在篮子旁边,报架有横木棍,正好给喜喜栖身。它抓住木棍,和欢欢对望着。布谷鸟在窗外飞了几圈,见一切妥当,展翅飞走了,一路抛下嘹亮的歌声,愈来愈远了。

孟里迎着斜飘的雨丝到家,见太婆正为鸟儿添食换水。她一手托着欢欢的头,一手拿着装了小米的杯子让它啄食,就像照顾婴儿,孟里觉得她好像也是鸟的太婆。她在给花浇水时也是花的太婆。

夜幕降临,雨停了。一弯新月挂在山水的窗上。鸟儿们像人一样应该入睡了。可是窗外叽叽喳喳很热闹,是喜喜和欢欢的朋友们来探望了。它们一只接一只,走过欢欢的篮子,放下几粒新豌豆,半只苹果。喜喜热情地请它们喝水吃小米,它们没有谁动一动。"这是给病人的。"它们心想。可是它们很好奇,伸长头颈向屋里探望。一会儿,整个窗塞满了各种各样的鸟,五颜六色,还都轻轻地向欢欢报告新闻,给它解闷儿。

鸟儿们忽然分开,让出空来。啄木鸟颈悬听诊器,飞到窗台上。它的左右有两只小麻雀,身着白衣,头戴护士小帽,毕恭毕敬随着医生。啄木鸟歪头用一只眼贴近欢欢的断腿,又转过头用另一只眼仔细检查。它大概看透层层纱布,把头一扬表示满意。"太婆好。"大家心里默诵。啄木鸟看了麻雀护士一眼,她们伶俐地飞走了。很快衔了两片南瓜叶子回来,盖在欢欢腿上。至于从哪里找来,谁也不得而知。

布谷鸟退场。鸟儿们没有合拢,却让出更多的空间,一只白色大鸟来到窗台。它头顶有一丛红羽毛,如同小冠,只是头就有喜鹊那么大。它忽然张开两翼,遮满了两扇窗。奇怪的是它腋下有许多小袋,每一个小袋中露出一只雏鸟的小脑袋,哼哼唧唧地扑腾着。这些鸟不是大白鸟的后代,而是各样的鸟,它们同为鸟类,属于多种族,但它们从不打架。

大白鸟开口说话,它说的既非鸟语,也非人语,可是人和鸟都懂得。"这几天拾到的孩子们,有喜鹊娃儿,本来要给喜喜和欢欢(它也称它们这名字)抚养,现在欢欢受伤了,就先送给别的喜鹊吧。"它的小酒杯大的眼睛转动着,光华四射,像是活动的宝石。"欢欢很快会好的。"说着,大翅膀中伸出一根羽毛,轻轻拂着欢欢。喜喜、欢欢都恭敬地望着它。

"你是谁?"孟里心想:"是凤凰吗?"谁也没有见过凤凰,它该是白色的吗?这时大鸟合拢了双翼,通身倏地变成华丽的金、红、翠、蓝等颜色,这些耀眼的颜色像波浪一样向尾部流去。大鸟身旁又挤满众多的各种的鸟。

"喳——""叽——""格——"鸟儿们忽然大叫起来,从大鸟胸前彩色缤纷的羽毛中掉出一个婴孩,有两个麻雀大,这是一个真正的人的婴孩。"哇——"他大哭。

鸟儿们一齐停了啼叫。欢欢用一只脚站了起来,这说明它已好多了。

"喂,喂,不要哭。"不知什么时候,从另外两扇相连的窗拥进许多花、草,甚至树木。草和花编织在一起。一朵带有仙气的昙花坐在左上方,略显细长的花瓣收拢又舒展,似在舞蹈。一丛松枝举着松的果实——松塔,转来转去。小格子里不时露出各种花、草的头,或者可以想象它们是头,它们高兴地笑着,就像大鸟腋下的雏鸟。

婴孩不哭了。一张大荷叶滑到婴孩身下,把它轻轻托起,又飘向植物们。他很稳地坐着,吮着大拇指。

"我的窗是开着的。"似乎是孟纨在说话。

"那婴孩是谁?莫非就是我?"孟里跳起身要去抱他,忽然什么都没有了。

喜喜和欢欢仍在窗台上,欢欢用一只脚站着。

太婆说:"花的窗台上有一个环,挂到鸟窗上来吧。鸟的窗台上有一个玻璃盆,放到花窗去装折枝的花。"

鸟的窗,花的窗。太婆看见了什么?

孟里下一次到太婆家时,欢欢已经痊愈,两只喜鹊又坐在自己的窝里。它们收养了一只小喜鹊。小鸟总是大张着嘴,等着父母哺食。喜鹊们从不忘记太婆,每天飞到窗台上左顾右盼。孟纨会走到窗边,抚摸它们的尾巴,说:"我很好。"有一次在花园里,它们站在老人脚旁,一边一个歪着头,无限依恋的样子,有人拍下了这一镜头,在爱鸟日这一天展出了。

花儿们也关心太婆,愿意来陪伴。孟里常帮助它们完成心愿。他走过花园小路,花儿们会争着嚷:"采我吧!采我吧!"各种草也不落后,它们没有漂亮的颜色,但是它们有优雅的姿态,而且有集体意识,一大片草一齐向左向右弯身,似有一道微光闪过,它们说:"来坐坐!来坐坐!"大树不能移动,它们把树枝伸长,敲敲那扇窗,说:"我们在这里。"

太婆受到各种生物的关切,但她拥有的还不只这些。

这个晚上,祖孙二人因白天收拾花园有些疲倦,早早睡了。半夜里,孟里忽然醒了,感到一片温柔的光和悠扬的音乐声似在托着他,摇着他。他坐起来看。鸟的窗和花的窗都沉寂,山水的窗依旧呈现着大幅图画,则是朦胧模糊,似是水墨洇了开来。光亮和音乐来自那扇窄而长的窗。

什么曲子？那一点一点高起来的乐句如同问话，那接着的和谐婉转似乎已经解决了人生的难题。

这是莫扎特的一首小提琴协奏曲。孟里不一定知道那曲目，可是他记住了那感受。

窄长的窗愈来愈明亮。窗的上方，在雕花的细木间出现了莫扎特的头像，他对孟里微笑。哦！他是这样年轻！他永远这样年轻！

莫扎特隐去了。接着出现的是苏轼，还在"衫鬓两青青"的岁月中。他用一支大笔，写下了六个字："不思量，自难忘。"还有比这更感人的诗句么？

不思量，自难忘！

苏轼轻捋长髯，想来这是有胡子的人的习惯动作，沉思地转过身去。

窗中一重重门接连打开，像是电视镜头在推动。出现了两个巨大的头像，那是孔子和苏格拉底，他们微笑地交谈。这是流行的话题：东西方思想在交流。

他们背后的光愈来愈强，散落在房间里，成为一阵小小的美丽的焰火，但是温柔的，安静的。

一只大苹果从窗中浮出，上面坐着一位绅士。孟里本能地知道，那是牛顿。

忽然光都聚在一处，打闪了。

耀眼的光中飞起一个风筝，随即出现一个小小的人牵着风筝勇敢地在电闪雷鸣中奔跑。那是富兰克林在证实电的存在。

一切科学的探索和成功，都和想象是分不开的。电光拥着科学家从窗里飞出，向远天飞去了。

窗上方的光线暗下来,窗台上出现一张大荷叶,上面坐着那婴孩。他穿着红锦兜肚,已经不吮手指了。他仰望着窗,大滴眼泪从小脸上流下,滴在荷叶上,发出好听的叮咚声。

"你要做什么?"孟里问。婴孩用手抹去眼泪,绽开一个笑容。他要攀上那窗。那是人的窗。

曙光从七扇旧窗中射进。孟纨已经扶杖在忙碌了。她摸摸重孙的头,孟里想,太婆一定要说:"好好学习!"

太婆说了,说的是:

"我的窗是开着的。"

1996年7月16日完初稿

同月底定稿

(原载《少年文艺》1996年第11期)

海上小舞蹈

夜的帷幕笼罩着大海。温柔的星光从天上洒下来,海上漾着清光。夜和海都无边无际。

忽然,星光聚成一束,变成一道白光,投向一处海面。绿色的海藻活动起来,有的站直了,编成一道屏幔,围出一块场地;有的平躺着,成为长座椅。鱼虾们聚拢来,等着看舞蹈表演。一个大蚌从海底升起,靠在海藻上,蚌壳张开一条缝,冒出一连串水泡。舞蹈开始了。

最先出场的是海龙。这名字很伟大,而它们实际只是一根根小棒,游动起来倒是夭矫灵活。它们排成各种线条,各种图案,变化多端,像是一幅幅活动的抽象画。

紧接着出场的是海燕。它们和在空中翱翔的海燕毫无相似之处,只是背上有一对无用的小翅膀。它们贴着水面滑行,速度很快。水草装饰着它们的尾巴,现出一个个扇面,使得舞姿更为优美。

接着上场的是海马。它们的头很像陆地上的马头,只是具体而微,它那小棍似的身体不过两寸长。每个马头上贴着一个小小的蚌壳,如同戴了一顶小帽儿。它们列成两队,在水波上疾速地旋转着,互相穿插,做出各种花样,煞是好看。小蚌壳在星光下一闪一闪,似乎在召唤什么。

"哈哈!哈哈!"浪花撞碎在礁石上,像是在笑。

远处漂来一支发亮的队列,原来是一排打开的蚌,里面各站着一个少女。她们一手搭在一扇蚌壳上,一手高高地托着一颗明珠。珠光和星光互相辉映,舞台越来越亮,蚌们跳起了明珠之舞。它们扇动着蚌壳,把珠子在空中抛来抛去,道道流光变幻出各种颜色。忽然,所有的明珠都聚集在空中,形成一朵大花,光芒四射,慢慢旋转。蚌们辛苦了许久,孕育出这颗璀璨的明珠,现在把它们展示给黑夜和大海。

海马们拥上来,后面跟着海龙和海燕,它们纷纷向蚌们致敬。明珠缓缓落回少女手中。沉默的观众把老蚌簇拥到台前,舞台摇动,演员和观众一起沉入了海中。

"哗——哗——"浪花又撞碎在礁石上,似乎在鼓掌。

这是一场海上小舞蹈,你看见了吗?

(原载《童话王国》1999年第1期)

小沙弥陶陶

小沙弥陶陶从麦积山来。麦积山在中国甘肃境内。山形如麦垛,山壁上石洞相连,有着丰富的极生动的泥塑、石刻。第一百几十号洞中有一个小沙弥,和真人一般大小,袈裟似在飘动,眉清目秀,口角边有一缕笑意,十分淡远温厚,人们誉为东方的微笑。

不知是什么年月,人们在洞中发现一块土坯,便把它当作垃圾,扔在一辆破车里,运到很远的地方,又换了一辆更破的车,运到更远的地方。经过长途颠簸,土坯裂开了,一块块掉落,到它躺在一片旷野上时,已经出现了一个漂亮的小沙弥,一尺来高,眉清目秀,嘴角上带着那东方的微笑,和那洞窟中的小沙弥一模一样。他不是复制品,而是原稿,凝聚着塑者最初的心血。他在长途颠簸后显露了本来面目,却不幸折断了左臂。几只小鹿走过来,看见小沙弥,觉得他真是漂亮,它们用草做成一个筐,把他和他的断臂装进去。两只小鹿衔着筐慢慢走,走了不知多少天,经过了各样的山谷和林木,来到一座森林。小鹿们商量了一阵,郑重地推选了两只小鹿仍旧衔着他,走进森林。林中很阴暗,弯曲的路拐来拐去,后来到了一片开阔的草地。草地上开着星星点点的野花,从这里可以看见高得无比的天空。草地当中有一棵大树,非松非柏,非杨非柳,气象很是威严。小鹿恭敬地把他放在树下,把他的断臂摆好,便离开了。不知过了多少天,树上飘下几片叶子,落在小沙弥的身上,有一片正好覆盖了他的断臂。这样又不知过了多少天,一只野兔从树下跑过,它拍了拍小沙弥,说:"别睡了,到外面去看看好不好?"

小沙弥忽然醒了。他坐起身又站起身,活动着手臂、腿脚,断臂已经长好了。他对野兔说:"你好!"野兔的长耳朵向前弯了一下,那是打招呼。小沙弥跟着它走到草地边,转回身仰望那棵大树,看了好一会儿,又跟着野兔走,走过森林中弯曲的路,出了林子,野兔不见了。小鹿们在灌木丛中玩耍,这已是原来那些鹿的后代了。一只鹿请小沙弥坐在自己的背上,大家一起在旷野上遨游。它们有时慢慢走,东张西望,有时跑得很快,小沙弥也没有跌下来。又不知逛了多久,它们把小沙弥放在一个小村边,自己跑走了。一个村民看见这个小沙弥,"这样好看的小泥人儿"。他说,便捡起了他,拿到市场上去卖。一位雕塑家从那里过,看见小沙弥,不觉吃了一惊,这不是那"东方的微笑"吗?他拿起他研究了一番。他把一件新外衣送给村民,那是他买来抵御西北的寒风的。村民还要他头上的帽子,他立刻同意。他把小沙弥装在一个玻璃匣子里,经过长途旅行,一直送到一个人家的客厅。

这个人家在一条河边,河水缓缓地流,流过两岸的树木草丛。那里春天开满了浅紫色的二月兰,夏天是一片浓绿;秋天的落叶给了河岸金黄的颜色,冬天则是晶莹的白雪。河水也流过这一栋小小的房屋,房屋是粉红色的,前后有许多花。里面住着一个母亲和她的两个女儿,大女儿十五岁,小女儿十三岁。

雕塑家把玻璃匣子放在桌上,他一打开,两姊妹就欢呼起来:"这是我们的朋友!"她们说,"你看他正在微笑。"于是雕塑家介绍了东方的微笑。他说:"你看这微笑,给人以宁静和安慰,必须有慈悲心才会有这样的微笑。"妈妈也讲了他那飘飘然的服饰,说他是佛门中的小沙弥。她从事的工作是服装设计,自然看得清楚。

"我要叫他陶陶。"妹妹说。陶这个字和土有关又和快乐有关。"这真是个好名字。"大家说。小沙弥向他们转动眼睛,可是谁也没有注意。

小沙弥陶陶在这家的客厅里住了下来,或者说站了下来,站在放艺术品的多宝格里。这是一个温暖的家庭。他最爱听小女儿放学回家一路喊着"妈妈"跑进屋里,最爱看大女儿帮助妈妈换鞋。妈妈伏案太久,脚有些肿。还有妈妈在餐桌上为孩子们分食物时,那慈爱得几乎有些虔诚的目光。她们常一起唱歌,陶陶不知道她们唱的是什么,只觉得和谐悦耳,像春天的轻风细雨,像一个繁星闪烁的夜。雕塑家是唯一的听众。

陶陶也喜欢听两姊妹的讨论。她们坐在客厅里,在他站的那个格子下面,低声热烈地讨论。姐姐说:"我要把世界画下来。"她拿着两张画稿,一张是花园里的丁香。她只画了两个斜枝,枝条把发亮的小花朵送进画面,小白花在一张浅绿色的纸上面好像鼓出来似的,引得人想去摸一摸。另一张画的是她们家门前的那条不大不小的河,远处的桥在垂柳的掩映中,河岸边系着两只很小的小船,好像应该给陶陶坐。它们互相依偎着。妹妹很为这两条小船感动,她说:"我来造船吧!造许多许多船,让它们顺着这条河一直漂到海里。每一个海浪上都坐着一个小娃娃,他们可以到甲板上来跳舞。你说好吗?陶陶。"她忽然向陶陶发问。陶陶有些受宠若惊,想点点头却没有动。

妹妹果然画了一条大船,船舷上挂满了发亮的浪花,像那点点丁香。浪花上真的站着几个小娃娃,他们互相招手,好像彼此在问:"你要上哪里去?"

陶陶觉得非常快乐。他情愿这样站着、听着、看着、守望着,不管时间流到了哪里。

有一天,姐姐从学校回来,在花园里采了一把丁香花。预备插在瓶里,她走到桌前举着丁香花,忽然叫道:"我看不见了!"丁香花落在桌上,也落在地上。妈妈跑过来问发生了什么事,姐姐只是说:"我看不见了,我看不见了。"显然,她的眼睛出了毛病。

姐姐得了一种急性眼疾,两眼同时失明,本来在少女面前的一个光明灿烂的世界变成一片黑暗。花在哪里?河在哪里?黑暗像一口深不可测的井,而且盖着沉重的井盖,谁也掀不动。这不只是姐姐一个人的黑暗,它也遮蔽了妈妈和妹妹的生活。这个家落入了凄惨的境地。她们千方百计想挽救姐姐的眼睛,可是无效。晚上母女三人坐在一起哭,陶陶很想对她们说:"不要哭,哭了更伤害眼睛。"他还没有说出这句话,自己先流下了眼泪。他的袈裟上立刻有一道湿痕,他是最不能哭的,水会立即把他融化。

经过多方寻医问药,不见疗效,这是一种无法医治的眼疾。姐姐只能在黑暗中过日子,而且一天比一天衰弱。"我不愿意!"她对着太阳喊,又对着月亮喊,"我不愿意!"

陶陶受不了这样的日子,下了决心,要去帮助姐姐。他从格子里飘了下来,走出屋子,在花园里定了定神。他想到的办法是去找那棵树,那棵给他精神和灵气的树,但是怎样去呢?他呆呆地站在屋角。

又一个清晨,他听见屋里彼此问答,像在找什么东西。妹妹在喊:"陶陶!你在哪儿啊?你怎么不见了?"姐姐站在台阶上,大声说:"我虽然看不见你,我可以摸到你。你怎么一点儿都没有了?"妹妹牵着姐姐走下台阶,绕到屋后去寻找。陶陶感到温暖又酸楚,不管用什么办法,他必须立刻出发,去找那棵大树。他沿着河岸跑,他的步子太小了,跑了很久,才到那座桥。过了桥又走了很久,面前是一座山。他抬头向上看再向上看,这样高的山怎样才能翻越!好不容易爬到半山,看见一片云歇在一块大石旁。云说:"你是陶陶?我能帮助你吗?"陶陶说:"你能帮助我到那片旷野上去么?我要去找那棵树。""你上来吧!"云说,"小心,坐好了。"陶陶坐在这一片云上,好像在一堆棉絮中。不过,云的形状是不规则的。一时这边凸出来,那边凹进去,一时那边凸出来,这边凹进去。陶陶必须随时移动座位,免得掉下去。云说:"你很聪明,很能掌握平衡。"他们很快到了那片旷野,看见了那座大树林。云停在树顶上,让陶陶下来。它说它不能再低飞,否则会化成水。陶陶在树顶上走了一阵,找不到那棵树,这里是一片树木的海洋,可是他找不到那棵特殊的树。他懊恼地滑下树来,在森林边转了好久,没有发现可以走进去的路。几只野兔跳过来,把长耳朵向前弯了一下。又有几只鹿从草原上跑过来看热闹。陶陶说:"你们都是我的老朋友。我能进去到那棵大树跟前么?"鹿们和兔们商量了一阵,派出一只鹿和一只兔领着陶陶进了森林。他们在弯曲的小路上,走呀,走呀,终于在夜里来到那棵大树下。那棵大树发着光,把这一片草地照得很亮。陶陶对大树说:"我知道你会帮助受难的人。我在这里等,好么?"他定定地站在树下,举着双手,他是不怕累的。一天没有动静,两天没有动静,到了第三天,鹿和兔说它们太饿了,真想吃点东西,可它们不敢动这里的草和花。忽然一阵音乐,在音乐声中飘下了两片叶子,落在陶陶手上。陶陶大喜,双手捧着这两片叶子,随着兔和鹿走出了树林。兔坐在鹿背上,向那茂密的灌木丛跑去了。陶陶很希望再遇见那片云,可眼前却是万里无云的晴空。不管怎样还是得往前走,陶陶告别了树林。他不需要吃喝,也不需要休息,日夜兼程,不浪费一点时间。这一天,他爬上一座山坡,忽然看见天边停着片片白云,有一片云正向他飘来。陶陶挥舞着那两片叶子,云停在他面前,这是一片解事的云,它让陶陶坐上去,并且客气地说:"随便坐,不用紧张。"它果然不像变形虫,而是像一只真正的船。在万里晴空中平稳地飘着。他们很快来到离大河最近的那座山上,陶陶下了"船",云很快不见了踪影。陶陶跑呀,跑呀,跑过了桥,一直跑进小屋。屋里空无一人,他到花园寻找,在丁香树下找到一座小小的坟墓,上面堆满了鲜花,一小块石片上写着姐姐的名字。他把那两片叶子放在坟上,叶子很快便枯萎了。"我来晚了,我来晚了。"他伤心地回到格子里站着。傍晚,妈妈和妹妹回来了。妹妹看见他时,将他抱起,端详了一阵,递给妈妈。妈妈摸摸他的衣服,轻轻叹了一口气,仍将他放在格子里。妹妹沉默多了,妈妈衰老多了。小沙弥的心很痛,很痛。

雕塑家来了,也拿着陶陶端详。他们都不问陶陶到哪里去了。从他们的谈话里,陶陶知道雕塑家曾想再做一个小沙弥,可是他没有动手,他知道自己做不出来。他对妈妈说:"我可以做出一个泥俑,但我不能给他一颗心。"

母亲和妹妹不再唱歌了,雕塑家说:"唱一唱吧,那样也许会好受些。"陶陶很赞成,可是小屋里还是没有歌声。

日子平静地过了两年,妹妹十五岁了。妈妈邀请了一些女孩来为她过生日,她们准备唱一个快乐的歌。妹妹穿着白纱衣裙走进客厅的刹那,突然叫了一声:"我看不见了!"就像两年前姐姐那样。谁能安慰一个盲人?当她眼前是一片漆黑的时候,没有办法的。朋友们散去了,只留下妈妈牵着妹妹的手。船在哪里?海在哪里?它们永远消失在黑暗中了吗?妹妹并不喊叫,把妈妈的手贴在自己脸上。

"我对上天只有一个乞求。"妈妈呜咽道,"让我替我的女儿做盲人。"

她们都知道,盲人还不是最坏的结局。

妹妹做了一个梦,梦见一座森林,树木长得很密。她觉得自己进不去,可还是向前走。树木向两旁分开了,让出一条弯曲的小路。她走到一片奇怪的草地,草地上变幻着山和海,中央有一棵大树,轮廓模糊,但是有一种威严的气象。她想,这是自己眼睛有毛病的缘故。她又向前走,大树就向后退,很快混入森林中,不再显现。乌何有之树,妹妹给它起了一个名字。忽然树林都不见了,只看见陶陶在旷野上跑。她大声叫时,陶陶也不见了,只有黑暗。妈妈听见叫声,想是妹妹梦魇了,过来抚慰,妹妹说:"我看见了乌何有之树。"但愿你能看见,妈妈在心里叹息。

陶陶不能耽误一点时间,又一次出发了。这一次,他走得更快,有一个听不见的鼓点在催着他。他又跑又跳,过了桥,回头望了望那粉红色的小屋,继续向前跑,一直爬到那座山半腰。在那块大岩石旁又歇着一片云,这是一片彩色的云,它很娇懒。它说:"你就是陶陶?告诉你,我可飞不了那么远。"陶陶拱手又鞠躬一直向它微笑。云沉默了一阵,说:"你上来吧。"这片云好像挂满彩色璎珞的小船。陶陶尽量缩小自己已经很小的身躯,生怕碰坏了什么,可是他们飞到那片旷野时,璎珞还是少了一半。陶陶感到很抱歉,云并不抱怨,悄然飞走了。陶陶很顺利地进入了森林。来到树下,大树没让他多等,很快给了两片叶子。陶陶两手举着叶子,像举着两面旗帜。他在森林外寻找那片云,又是晴空万里。陶陶焦急地向天空乞求,诉说他必须争取时间。一阵强劲的风来,把他卷到半空。"你怕么?"风问,"你随时会掉下去粉身碎骨。"陶陶摇头。他只有一个念头,不要迟到,别的都不在话下。他们很快就到了那座山坡。风把他稳稳地放下,自己向另一个方向吹去。陶陶看见停在天边的云,像许多花朵。一朵云飘过来了,越近越大,有几层花瓣,真像一朵硕大的花。陶陶爬进去,坐在中间。云一面飞,花瓣一面转动,转动的方向不同,有的向前转,有的向后转。陶陶和云商量,说花瓣要是都向一个方向转动,会飞得更快一些。云不理他。云飞得并不慢,又飞了一会儿,就把他放在那座山的一块岩石上。陶陶鞠躬致谢,跑下山去。

  这时已是秋天,树叶有红有黄,颜色绚丽。有的树叶子已经落尽,光秃秃的树枝,显出好看的线条。陶陶拼命地跑,他到了河的这一边,已经看到了那粉红色的小屋。人们出出进进,有人在说:"没想到这次发作这么快。"陶陶不假思索地跳进水里,他没有时间走那座桥。在汹涌的河水中,他不久便失去了双腿,他努力用一只手把两片叶子举得高高的,露在水面上。手臂也被起伏的水花打湿了,一点点消瘦。他拼命游向岸边,终于靠近了岸,河水不断地流过他的身躯,陶陶没有了,只剩下那只手臂碎作几块泥土,簇拥着那两片鲜亮的绿叶。

  房间里,妹妹低声呻吟,她的生命在一点点消逝。她用力低声问妈妈:"陶陶在哪里?"妈妈茫然地走出门来,一眼就看见了河边的那两片叶子。"秋天的绿叶!"妈妈心里一惊,弯腰拾起它们,放在妹妹的眼睛上,每只眼睛放一片。

妹妹没有死。她又看见了这光明灿烂的世界,但她再也看不见小沙弥陶陶。

2006 年 3 月 22 日初稿

2006 年 4 月 5 日定稿

(原载《上海文学》2006 年第 8 期)

寻 月 记

一

是谁在大地上泼的银？是谁在树叶上染了霜？一幢幢房屋，一丛丛树木，一层深，一层浅，一层浓，一层淡，整个世界，正不知多大多远。月光如同清凉的水，浸透了黑夜。夜，几乎有些透明。

正开得热闹的榆叶梅，闪着丝绒的光；洁白的丁香，白得分外耀眼。一种淡淡的香气，沁满在这月夜里，仿佛月光和花香，本来就是一回事。柳树上有一只青颜色的小鸟，似乎刚刚被月光惊醒，轻轻扑动着翅膀，光洁的羽毛在柳荫里扇起一层银光。柳树下池塘里的小金鱼，停在水面上，被这温柔的月夜迷住了，尾巴轻轻地不经意地摆动着，使得涂满了月光的清水，漾起一圈圈发亮的波纹。

宁儿、小青兄妹俩，正坐在台阶上看月亮。

像所有的小朋友一样，宁儿和小青也很喜欢月亮。有月亮的夜晚，一切都显得那么美，那么可爱。宁儿喜欢它，还因为有了它，就可以继续白天的游戏：追人，捉迷藏，打仗……而且会格外有趣。小青喜欢它，还因为从它可以联想到许多事，譬如说，星星是否和风吵了架,那一片白云为什么缠在月亮身边不肯离去等等。

宁儿和小青相差几岁,他俩长得非常像,简直像是两颗豌豆,只是一粒大些,一粒小些。他们的性情却像冬天和夏天,绝对相反。宁儿每天东奔西闯,手脚都不闲着,就是脑筋常常休息。小青呢,最爱东想西想,可是什么事都不爱动手去做。妈妈常说宁儿:"哎呀!你要能像青妹一样安安静静多动动脑筋就好了!"又说小青:"手脚勤快点,学学你哥哥!"他们两人总是你看看我,我看看你,谁也不向谁学习,因为他们觉得没有这个必要。

今天晚上,原是小青独自坐在台阶上,宁儿从柳树后钻出来,预备冲上台阶吓她一跳的。谁知刚冲上台阶就摔了一跤,被小青发现了。小青叫他:"来这儿坐着,看一会儿月亮。"

一跤摔得腿有些痛,宁儿想,坐就坐一会儿罢。

看着,看着,没几分钟,小青发现了一个问题:"那月亮上黑的是什么?"

宁儿一看,可不是,在这皎洁的明月上,有一块形状像小山峰似的黑斑。

"许是月亮挨打了。"宁儿胡诌,"要么就是它也摔了一跤,摔青了。"

正好妈妈来叫他们去睡觉,听见了,笑道:"月亮里住着人呢。没听过嫦娥的故事吗?"

"早听过了,听过八百遍了。"宁儿抢着说。

"嫦娥?她住在月亮里干什么?"小青慢吞吞地问。

妈妈看看小青,又看看宁儿,说:"像小青这样只是胡思乱想,像宁儿这样只是瞎碰瞎撞,可什么也干不了呀。"

宁儿知道妈妈又要训人了,便说:"我要去睡觉!"一溜烟跑到房里去了。

妈妈牵了小青的手,也跟了进来。她把宁儿和小青安置好,便熄了灯走出去。

灯一熄,月光便从窗帘中溜了进来,在地板上清清楚楚地涂了一条银白色的带子。这光带不知为什么轻轻地摆动着,好像是一条被风吹着的丝绸。宁儿睁着两眼看了半天,忍不住跳下床来,伸手去摸它。呀!它真个就是一条丝绸,握在手里又柔软又光滑。这要剪一段给小青扎辫子倒好看!宁儿想着,忍不住叫道:

"青妹!快来看!"

小青一翻身坐了起来,没有搭理宁儿,自己说:"我看见月光掉到水里去了,用树枝一搅,全都碎成一片片的,碰得叮叮当当的。"

宁儿道:"月光怎么会叮叮当当响呢?它像丝带子一样啊,你来看!"

小青用手揉着眼,想:下床呢,还是留在床上?小青就是这样,做什么事都是思前想后迟迟疑疑的。

小青还没有想好,那月光带子飘呀飘的,忽然往窗外缩去了,宁儿也跟着飘了起来。小青来不及多想,连忙跳下床来,一把抓住宁哥的衣服。不知怎么一来,小青发觉自己和宁哥都站在院子里了,手里什么也没有,只见满地泼洒着月光。

圆圆的月亮,在那暗蓝色深沉的大海一样的天空悬挂着。月亮望着宁儿和小青,笑了一笑,满空中的月光都漾了一漾。随着,从远处响起了清脆的叮叮咚咚的琴声,越来越近。响到宁儿和小青头顶上时,月亮上洒下了千万道闪闪烁烁的光彩,织成了成串的五颜六色的璎珞,直垂到他们身边,那琴声就是摇摆着的璎珞弹奏出来的。看那璎珞闪动得多么迷人,听那叮叮咚咚的琴声弹奏得多么悦耳!宁儿和小青想伸手去摸那璎珞,却又不敢,站在那里呆住了……

那璎珞弹奏着,弹奏着,忽然唱起歌来,它对宁儿和小青唱道:

到月亮里来吧!
到月亮里来吧!

璎珞一面这样唱着,一面就变幻成了一只小船,船上有两张小凳,中间还有一张小茶几。它们都像宝石一样闪闪地发着光。宁儿不由分说,纵身跳上船,又伸手去拉小青。小青嘴里说着:"我可还没想好哪……"身子已不由自主上了船。

小船慢慢升起,越升越高。宁儿和小青扶着船栏杆看着,那绿色的柳树,银色的池塘,低着头在做梦的花朵,都在渐渐远去;自己家里的庭院也越来越小,看来只能给青妹的洋囡囡去住了。小船底下仿佛有一块逐渐厚起来的帷幕,把地面上的一切都慢慢遮盖起来。不久,就只看见上下都是银白的一片,小船就在无边的银色的大海里行驶着。宁儿和小青乐极了,拍着手唱起歌来:

蓝蓝天上银河水,
一只小白船……

小船听见他们唱,也轻轻摇着,跟着唱起来:

我是月亮的船,
我把好孩子接上天,

只要有真正的勇敢,
一切困难都会像云被风驱散。

小船唱着唱着,停在了一颗星星旁边。这是一间五角形的小房子,中间开了一个方方的小窗,窗内摆着一个银制的烛台,上面点着一根雪白的蜡烛,烛光一跳一跳的。小青忽然悟到了:平常总看见星星在眨眼,原来是这个缘故。正看着,烛台旁边出现了一个闪着亮眼睛的笑脸,被烛光映得绯红。这是一个年轻的星。

"你们好啊?"那个年轻的星向他们招呼。

"你好!"宁儿和小青都拼命睁大了眼看着这个小孩子,因为他们从没有想到星星里面住着人。

年轻的星捧出一碟糖果,请宁儿和小青吃。还说:"吃吧,年轻人的力量是不怕寒冷的。"小青怯生生地吃了两粒,宁儿却塞了满嘴,噎得直伸脖子。那糖果的甜味儿,他倒一点儿也没吃出来。

小船又继续往上升了。宁儿紧紧握住那年轻的星的手,谢了又谢;小青却只文静地点头微笑,对星轻轻地说了声"再见"。船走了好远,那年轻的星还对他们招着手,他们也恋恋不舍地回头招手,宁儿这时候才忽然想起来,大喊了一声:"再见!"声音这样大,把小船都吓了一跳。

小船走得非常平稳。无边无际的月光的海,没有一点儿风涛。几缕白云,好像海中的水藻一样,轻轻摆动着,飘拂着。圆圆的月亮越来越大,大大小小的星星缀在天空,像是钻石嵌在蓝丝绒上。

正走着,又听见一个苍老的声音(就像挺大挺大的、只能站在地上的大提琴的声音似的)拖着长腔道:

> 这是哪里的小朋友?
> 在我这里歇歇再走。

小船也唱道:

> 我是月亮的船,
> 我把好孩子接上天,
> 只要有真正的智慧,
> 一滴水也能把石头滴穿。

这回小船停在一个年老的星旁边。年老的星裁了一小块云彩挂在窗上,所以他的星光要暗些。这时他挂起了窗帘,露出了白发苍苍的头。宁儿和小青一看见他,就赶紧齐声说:"公公好!"老公公笑了,把一盆汤放在船中的小茶几上。

"请喝汤罢。"老公公一说话,白胡子一飘一飘的,"老年人的智慧不会使你在黑暗里迷路。"宁儿和小青道了谢,接过汤来喝,那汤又浓又烫,宁儿要快喝也不行,只好一小口一小口啜着。

小青和宁儿在喝汤,老公公仔细看着那只小船,笑着问他们道:"你们不觉得船上还少了什么吗?"宁儿想也不想,张口就说:"什么也不少呀,这船太好了。"小青却又把这船看了一遍,说:"对,少个帆!"老公公嘉许地摸摸她的头,说:"好,你肯动脑筋。有个帆,可以走得快一些,早到月亮宫,多在那里玩一会儿。"说着,他伸手在窗旁扯过一片云彩,用一把剪子,几下子就剪成一个船帆,把它挂在船上。

宁儿因为自己刚才乱回答问题,很是惭愧。和老公公分别时,特别恭敬地向他说了声"再见"。那云彩的帆张开了,小船走得格外轻捷,星星们一个个地从船旁退过去……

嘿!已经到了月亮宫门前了。

月亮宫比宁儿和小青想象的还要迷人:那白玉的大门是多么光洁啊,那门前的桂树是多么芬芳啊,那微微的一点寒意又多么使人精神抖擞!小青忍不住拍起手来。小船刚一停住,宁儿就高兴得跳了起来,几乎把小茶几都撞翻了。小船连忙叮叮咚咚地响起来,关照他们要小心一些。兄妹两人手牵手下了船,踏上大门前的雕花台阶。小青到底细心,她没有忘记对那彩色的小船告别,说:"谢谢你,小船,谢谢你。"

宁儿忙也跟着说:"谢谢你。"

小船摇了摇白帆,回答了孩子们的告别,驶开去了,渐渐地,渐渐地,融进了那月光的海中……

二

又是一阵琤玙的琴音,月宫的白玉园门慢慢地打开了。只觉得一阵凉意,一阵清香,从里面涌出来。宁儿和小青站在台阶上,深深吸了一口气,跨进了月宫的大门。

大门里是一条长长的甬道,两边都是高大的桂树,橙黄色的小花朵,密密地缀满枝头,像撒在树上的金屑。宁儿和小青走过时,树枝都弯下腰来欢迎他们。桂树后面,一层柔和的光辉中,隐隐约约现出许多亭台楼阁,真不知还有多少景致。

宁儿和小青瞪大了惊奇的眼睛,前后左右看着。

那桂花的甜香,那温柔的光辉和那使人头脑清醒的一点儿寒意,好像一层薄纱,轻轻覆在宁儿和小青身上——这就是每天晚上看见的月亮!它是那样熟悉,又是那样亲切,宁儿和小青觉得好像他们并不是第一次来到这里。

宁儿和小青正走着,急忙地向前走着,但是那甬道滑溜溜,怎么也走不快,简直使不上劲儿。低头一看,那甬道上映出了两人的倒影,也不知道它是什么做的。那叮叮咚咚的琴声又响了,这回响得分外清脆,像小溪里清清的流水流在深绿色的水藻上,像竹林里的风,抚着竹叶,在唱着自己的心事。宁儿和小青随着琴声,顺着甬道转了一个弯,看见一座华丽的宫殿矗立在桂树林中。殿门大开,门上高挂着红纱灯。在那金黄的星星点点的桂花结成的华盖下,站着一个青年姑娘。她身上穿着雪白的衣服,头上戴着银冠,手里拈着一枝桂花,身旁浮动着几缕白云,她就像月亮自己一样,又温柔又妩媚。

这是谁?宁儿和小青马上都想到,这就是管理月亮的嫦娥。"嫦娥阿姨,您好!"宁儿忙着唤道。

嫦娥微笑着,走下台阶来迎接宁儿和小青。"怎么认得我呢?"她问。

小青拉了拉哥哥的袖子,表示她要说话。宁儿却没管她,自己迎上去向嫦娥说:"晚上常常看见您呀,妈妈也常常说起您!您也常常看见我们吧?您也认识我们吗?我是宁儿,她是——"

嫦娥说:"她是小青,是你妹妹,对不对?我认识每个孩子,他们的梦我都知道呢。"她一面说着,一面带了宁儿和小青走进那挂着纱灯的大殿。

那大殿又深又大,殿顶和地板都是用五颜六色的玉石镶嵌成的,上面现出山岳、河川、日月、星辰的花纹。墙壁上有许多半透明的小格子,里面朦朦胧胧地可以看出各色的景物,有人物,有山水,有鸟兽……都像烟似的不住地流动着。

"呀!这是什么?"宁儿冲了过来。

"不要动手。"嫦娥温柔地揽着宁儿和小青,指给他们看身旁的几个格子。一个格子里有一棵树,正在往上长,长得飞快。另一个格子里坐着一个小朋友,他身边有一座奶油色的小山,他用茶匙在山下挖了一个洞,一面挖,一面把挖出来的东西朝嘴里倒。宁儿喊道:"哎哟!他在吃什么呀?"嫦娥解释道:"他在吃蛋糕。那座小山是一块大蛋糕。"小青觉得奇怪极了,抬头看嫦娥阿姨,要想问什么问题,嫦娥微微笑道:"你想问这是什么吗?这都是小朋友的梦啊!我每天晚上都要照料这些梦,让每个小朋友的夜晚都过得快快活活的。若是没人管呀,这些小朋友,不知会做出多么奇怪的梦来!第二天该累得爬不起来了。"

宁儿和小青感激地望着嫦娥。嫦娥停了一下,又说:"来吧,到这边来坐。梦是不大高兴被人看的。"

她请宁儿和小青坐在疏疏落落摆在厅中间的紫檀木椅上,用桂花茶和霜饼招待他们。

在这么大的厅里,宁儿觉得自己很小,问道:"嫦娥阿姨,这么大的地方,就你和这些梦么?"

"天天都有小朋友来呢,各式各样的小朋友,要是这些小朋友都在一天来,几十个大厅也装不下啊。"嫦娥说,"小朋友都是很喜欢月亮、星星的。"

宁儿抢着说:"我就喜欢!"

青妹慢慢地说:"我也喜欢。"

嫦娥知道宁儿和小青兴趣不同。她告诉宁儿可以在大厅的光滑的地板上翻二十个筋斗,又让青妹坐在一棵桂树旁(那桂树是从地板下面长出来的)听音乐。

小青这时才明白,原来那叮叮咚咚的音乐就是桂花树奏出来的。每一朵金黄色的小花里,似乎都坐着一个神奇的乐师,他把花蕊的小棒槌互相磕碰着,弹奏出非常优美的曲调。有的调子听来像风吹梧桐,有的像雨打芭蕉,有的像秋虫在深草里唧唧叫,有的却像空谷里飘落的嘹亮的鸟声。小青用手支着下巴颏儿,听得出了神。

宁儿从大厅这头打筋斗到那头,又从那头打回来,车轮似的,嫦娥连声称赞他技术高超。他十分得意,停下来喘了口气,问嫦娥道:"你一个人在这儿,也翻筋斗么?"

嫦娥笑了,说:"我忙着呢,可没有时间翻筋斗。晚上,要照料这些梦,让每个小朋友的夜晚都过得快快活活的。白天呢,事情更多。大家都喜欢月亮光,这光可也不是凭空来的……"

"哪儿来的?"宁儿和小青都热切地问。

"织出来的。我收集太阳光,把它们晾在桂树上,晾凉了,再把它们织成月光。这就是我白天的活儿。有时收的光多,织的也多,就整个月亮发光,有时收的光少,织的也少,就只有一弯或半个月亮发光。"

"原来月亮光是太阳光变的!"小青叫道。

宁儿说:"嫦娥阿姨,咱们去看看那些太阳光和月亮光吧!"一面说着,就往大厅外面走。

嫦娥伸手拉住了宁儿,微笑道:"还有事呢。"她绕着大厅走了一周,看了看孩子们的梦。果然,那长得飞快的树都伸到小格子外面了,那座蛋糕山也正在胀大,它们的主人大概梦得太高兴了。嫦娥用雪白的长袖轻轻地把梦拂了一拂,山和树都缩小了,做梦的孩子大概感到了一阵清凉温柔的风,睡得更沉稳了吧。

这时宁儿看见一个小格子里有一辆汽车从很远的地方开来,好像就要冲出来了。他连忙伸手想去拦住它。嫦娥挡住了宁儿的手,说:"你别动手!"又用袖子一拂,那汽车马上减低了速度。

嫦娥牵着宁儿、小青两人走出大厅。小青问嫦娥："我们的梦也是这样滑稽吗？"嫦娥说："你们做的梦有时还更滑稽更奇怪呢。"

宁儿和小青没有来得及问他们的梦怎样滑稽奇怪，因为他们已经走到大厅后面了。大幅大幅的太阳光挂在一排排桂树上，满树都发着灿烂的金光。它们看上去又柔软又光滑，丝丝缕缕都在不断地流动。另一排树上，挂着一片片轻纱一样的月光，却都朦朦胧胧，闪着淡蓝色的光辉。

宁儿和小青都看得目瞪口呆，早忘了那些梦。小青问："所有的太阳光都能织成月光吗？"

这个问题似乎触动了嫦娥的心事，她的脸色骤然变了，停了半晌，才答道："本来，是所有的阳光都能织成月光，但实际上……"

"难道有人来偷吗？"两个孩子齐声问。

"月宫里没有小偷，但却有强盗。"

"强盗？那强盗是谁？"

嫦娥看着宁儿和小青，说道："她的名字叫西王母。"

"这西王母在哪里？我们非揍她不可！"宁儿狠命地跺着脚，仿佛要把西王母给跺出来似的。

嫦娥轻轻抚着宁儿的肩，说："西王母是一个凶恶的妖神，她住在'泥宫'里，专门管散布疾病和瘟疫。她活了好些好些年了。被她拿去的月光足足可以照亮几万个夜晚。"

"她拿去月光，做什么用呢？"青儿仰着小脸问。

"做衣服，做帐幔；也拿去煮月光酒喝。那西王母是个酒鬼，最爱喝月光酒了。"

宁儿和小青都气得涨红了脸："那怎么行？你不会不给

她么?"

嫦娥苦笑着,叹了一口气,说:"星星的光也让她抢了不少,我和星星在一起商量过很久,有些星星胆子太小……"

说话间,他们已经走出了桂树林,经过了一些怪石嶙峋的大山洞,走到一座小楼前面。这小楼是五彩宝石砌成的,坐落在一个水池中间。从水池的四面,喷出无数条银丝一样的水,织成了一层薄薄的帷幕。这水织的帷幕经小楼上射来的五色缤纷的光彩一照,简直让人眼花缭乱。池中长着许多白莲,水珠落在荷叶上,滚来滚去,像珍珠似的。

宁儿和小青乐坏了,把西王母又早撇在一边,只顾用手去抓那细雨般的喷泉,一面问:"这是你住的地方么,嫦娥阿姨?"

嫦娥摇摇头:"我不住在这里。这里住的是月亮的灵魂——月亮珠……"说到这里她忽然停住了。这时候,不知从哪里传来一阵钟声,那钟声是那么沉重,那样可怕,一下又一下,每一下都像是铁锤打在月亮上,玲珑的山石被震得跳起来,活泼的流水停止了流动。随着一下一下的钟声,月亮里的光彩越来越暗,嫦娥的脸也越来越苍白而又黯淡。

宁儿和小青愣住了。

钟声一连打了十二下才停住。嫦娥满腹心事的样子,望了望宁儿和小青,转了一个身,似乎不知该向哪里去好。宁儿和小青牵住了她的衣袖问:"什么事呀,嫦娥阿姨?"

嫦娥低头看着他们两个说:"这钟声是西王母的信号——她这是催我交纳月光。"

"不要交!她自己不劳动,还要抢大伙儿心爱的东西!"宁儿愤愤地说。

"我曾经有几十次想不交。但我如果不交,她就要抢走我的月亮珠。这次我下了决心,已经十二天没有给她一点儿月光了。唉,一场大灾难已经到眼前了。不过,只要有两个勇敢的小朋友帮助我,我就能平安渡过……"

话还没完,只听见空中传过来一阵难听的哭不像哭笑不像笑的怪声音。随着声音,不知从哪里飞来了一个三头鸟,一个头是红的,一个头是黑的,一个头是白的。它站在桂树上,用六只绿色的小眼睛盯着嫦娥。嫦娥猛然抖了一下,喝了一声:"你怎么敢钻到这里来?"

"钻么?嘿嘿!"三头鸟冷笑着,"西王母已经十二天没有拿到月光了,你到底是给还是不给?"

嫦娥大声说:"你们以后再别往这儿钻了,想要月光,一丝一缕一点一滴都没有!"

三头鸟气得三个头都变成了青绿色,说:"好!等着瞧吧!"

嫦娥说:"瞧什么?你根本不用等着瞧,你请滚吧!"她一面说,一面从衣袖里掏出一把桂花,向三头鸟劈头打去,打得三头鸟踉跄了几步,费了好大劲,才在树枝上站住。它吓慌了,喊着:"你丢了月亮珠,才知道西王母的厉害!"三头鸟一面喊,一面把翅膀向头上一遮,在原地转了一个身,就不见了。

三头鸟刚去不久,月亮里就刮起了大风,大风呼啸着,旋转着,一瞬间就刮走了嫦娥腰间的彩带。水池中的白莲都吓得合拢了花瓣。宁儿和小青紧紧拉住了嫦娥,生怕她被风刮走了。嫦娥却不管大风吹得凶猛,拉着宁儿和小青越过石桥进了小楼。小楼有个奇异的花园,开满了四时不谢的鲜花,结满了鲜红的、橙黄的各种果实。花园正中有一根白玉柱子,柱身周围雕刻了许多花鸟虫兽,刻得都像活的一样。柱顶上是一个百合花瓣组成的底座,许多发亮的小珠在四周闪耀。座上托着一个五彩的大珠,光芒四射。再加上彩色的小楼,映进楼来的水光,满楼里跳跃着光亮和颜色。

嫦娥指着这大珠,望着宁儿和小青,眼睛里闪着爱、希望和信任的光辉。她一字一字地说:"这就是月亮珠——月亮的灵魂。"

宁儿连忙建议:"嫦娥阿姨,咱们把这珠子藏起来吧!"说着就想去取珠。

这时候,响起了一阵又急又乱的钟声,猛听见轰然一声巨响,一个面目狰狞的女妖出现在小楼中间。她的头上竖着一根山羊角,角下盘着无数条毒蛇;身上穿着宽身大袖的豹皮衣服,衣服后襟上露出不知被什么咬去了半截的秃尾巴。她一言不发,瞪着眼睛,一步一步向嫦娥走过来。

嫦娥面色惨白,把长袖一拂,遮住了吃惊的宁儿和小青。小青吓得紧紧拉住宁儿,小声问:"这妖怪一定是西王母吧?她会吃掉嫦娥吗?它会吗?啊?"

西王母停住了,张开血红的大嘴,龇着两颗大虎牙,对嫦娥哼了一声,说:"桂树上挂着这么多月光,不孝敬我,你当我舍不得拆碎你的月亮?星星们可没有你这样大胆!你可试试看,我西王母不是好惹的!"

嫦娥冷冷地说:"这儿根本没有你说话的地方!"冷不防举起一撮花蕊向她打去。

西王母飞快地拿出一把猪毛编成的扇子,轻轻一扇,花蕊都落在地下了。她怪声笑道:"我半个衣袖就遮住你整个月亮,在我面前,逞什么能?"说着又大吼了一声,直奔那五彩的大珠。宁儿不顾一切,跳上前去抢珠,但是哪里来得及!只听见天崩地裂一声响,百合花座上冒出了血红的火光。宁儿和小青觉得脚下忽然空了,身子直往下掉,两人都尖声大叫起来。嫦娥急忙把肩上的一块纱巾抛给了他们,他们伸手抓住纱巾,纱巾就像降落伞一样,托着他们飘飘荡荡向下落。他们四面望着寻找嫦娥,哪里还找得着,在呼啸的风声中,只听见嫦娥力竭声嘶的呼喊:"去找月亮珠!去找月亮珠!"

三

这天晚上,睡得晚的人会看见天空里发生的这件怪事:本来是月明如洗的银夜,忽然起了一阵怪风,刮得树摇屋动,门窗都发抖似的砰砰响;原本在房顶上叫着的猫儿,也吓得躲了起来。怪风过后,月亮一明一暗一明一暗,整个天空跟着它一闪一闪,接着就是春雷似的一阵响,镜子一样的月亮碎成了片片,化成了千万颗耀眼的流星,雨点般泻向大地。天空上一时间彩色缤纷,照得地上的房屋树木像是在万花筒里一样。彩色的光雨落过之后,夜变成了一片漆黑。原来染着银霜的花儿,浴在月光里的柳枝,都融进了黑暗。原来在月光温柔的抚摸下睡着了的婴儿,哇的一声哭了起来。原来脸上带着幸福的微笑沉入梦乡的孩子,骤然失去了他美好的梦,醒了,在黑暗里哭道:"月亮哪里去了?我要月亮!"

宁儿和小青被那块薄纱托着,和彩色的月亮碎片一起落了下来,那一阵闪耀夺目的光彩,弄得他们有些头昏。他们半闭着眼睛,紧紧地拉着手,掉到地上,两人都摔了一跤。周围是无边的黑暗,他们不知道这是什么地方,也闹不清发生了什么事。

小青低声问:"哥哥,月亮上哪儿去了?咱们这是在哪儿呀？"

真的，这是在哪儿呀？宁儿生气地说："我可怎么知道？你不是顶会想么？你动动脑筋呗！"

小青碰了钉子，不说话了。她想了半天，才想起来。对了！刚才是从月亮上掉下来的呀，西王母抢走了月亮珠，月亮碎了，他们再也看不到那皎洁的明月，那温柔的月光了。还有嫦娥阿姨，嫦娥阿姨到哪里去了呢？多么叫人惦念。

这时候，宁儿已从地上爬了起来，他迈开大步就走。

"你上哪儿去？"小青着急了，在后面喊道。

宁儿回头说："去找嫦娥阿姨！"

小青赶上来拉住他，气得顿脚，说："你往哪儿去找啊？"

这，宁儿可没有想过。两人站在漆黑的夜里，对望着彼此模糊的影子，那黑暗好像有千斤重，压得他们透不过气来。

不知哪里飘来一阵清香，浓密的黑暗似乎被一只看不见的手拭去了一些。他们看见身旁有一个藤萝架，架上垂着一穗穗的藤萝花。在清香弥漫中，响起了一阵银铃似的声音，宁儿拉着小青的手，紧张地倾听着。忽然，藤萝架上出现了一点儿亮光。这亮光是一朵藤萝花上发出来的，藤萝花在慢慢胀大，亮光也越来越亮，只见小紫帐篷一样的花瓣打开了，一位钢笔帽一般高的小姑娘，从花里挺身站起来，她穿着一身杨柳嫩芽似的淡青色的衣裙，小小的头，精致而又秀丽，乌黑的头发在头上挽了个双丫髻，还插着一只垂着流苏的小巧的金色的钗，她提着裙子，微微弯了弯腰，轻轻地说："小朋友，你们好？"

宁儿和小青简直把眼睛瞪得像那朵花一样大，连忙也向她行礼，问道："你是谁啊？"

"我的名字叫作'想'。"小姑娘微笑道，"我很喜欢动脑筋。"

小青乐得拍起手来:"我也很喜欢动脑筋。不过现在我想不出来,月亮不见了该怎么办?"

"真想不出来么?""想"微笑着慢慢地问,头上的流苏在轻轻地摆动。

"真想不出来呀!我们都商量了半天啦!"宁儿抢着说。

"那让我想想吧。""想"用她象牙雕刻似的小手扶着额头说。只过了一秒钟,她就想出来了,她对宁儿和小青说,"现在你们要去找月亮珠!"

"去找月亮珠!"这正是嫦娥阿姨在离开他们时嘱咐的话。小青对宁儿说:"是的,我们应该去找月亮珠。月亮珠就是月亮的灵魂,你知道吗?"

小青用这种语调说话,宁儿向来是不搭理的。但他很想马上知道月亮珠在哪儿,怎样去找。就问"想"说:"凭空到哪里去找啊?"

小青不满意地说:"你不会也动脑筋想一想?"

宁儿说:"我只会做,我才不想呢!"

"想"劝兄妹二人不要争吵,自己又沉思了片刻,说:"要找回月亮珠,就先要破西王母的妖法。若能找到三千瓣百合花瓣,三千粒晶莹的汗珠,再加上三千声孩子的笑,西王母的妖法就会破了。"

"花瓣、汗珠、笑……"小青掐着手指头算计。

"花瓣?那当然得上花园去找!"宁儿慌慌张张的,又要拔脚跑。小青一把把他揪住了。

"想"不理他,仍缓缓地说:"花瓣要到美丽之乡去找,汗珠要到智慧之国去找,孩子的笑要到幸福之土去找。怎么去,

'做'会告诉你们,他知道什么事该怎样做,而且能动手去做。"

"'做'?他是谁?他在哪儿?"青妹东张西望,想要发现这个"做"。

"'做'是我的兄弟,我们彼此离不开,一离开就大家都糟糕。只想不做,是个做梦的人,只做不想,是个冒失鬼!""想"微微一笑,看看青妹又看看宁哥,伸手牵过一枝藤萝的嫩须,对着一朵藤萝花打了一个电话:"好兄弟,请你马上过来。"

"做"就住在附近的大理菊的花朵里,他接到电话,马上就来了。他是一个结结实实的年轻人,有钢笔那么高,穿了一身深红颜色的紧身衣服,一排五彩斑斓的扣子在胸前发光,那是小甲虫的壳做成的。他很精致秀气,但却显得很有力量,在有些地方很像宁儿,整个的人不知什么道理,总是一刻不停地在动。他刚一出现,就从藤萝叶上跳了下来,奔到宁儿和小青身旁,拾起那块从月亮里落下的白纱,跑到藤萝架后面去,向宁儿和小青喊道:"来,来,把这块纱在泉水里洗三次!"

宁儿听了,好像弹簧一样,一下子就弹了过去。原来藤萝架后面有一湾清浅明澈的小溪,在黑暗里闪着微光,最奇怪的是这小溪的水不是平平静静地流,而是流着流着就忽然向空中飞去,在黑暗中不时出现冲天的水柱。"做"说:"这是飞泉。相传很早很早的时候,有一个苦命的小孩,天天拿眼泪就饭吃。后来他变成了一条孽龙,飞到大海去了。这飞泉是孽龙的一滴眼泪变的。这块纱在飞泉里洗三次,就可以托着你们随便到哪儿去。"

小青刚想问孽龙现在哪里,却被宁儿打断了。宁儿叫着:"快来洗!快来洗!"一面就把那纱浸在水里洗起来。"做"站在水面上,拉着纱的一角帮着他洗。小青把问话咽了回去,也拉了纱的一角来洗,一面洗,一面还在想:"为什么龙的眼泪会变成飞泉?为什么纱要洗三次?两次不行么?"

那纱轻薄得像知了的翅膀,洗起来原不费什么事,小青懒洋洋地把一个角揉了几下,觉得已经干净了,就去换另外一个角,她没有注意中间跳过一大段没有洗透。小青哪里会想到,她洗得这样马马虎虎,会带来怎样的后果!

纱洗好时,夜色渐渐淡了,东方透出了鱼肚白。

"做"叫宁儿和小青把那块纱晾在草地上,告诉他们:等纱干了之后,就能飞了,要上哪儿去,对它喊一声就行了。交代完毕,他从一株草尖上纵身一跳,就没了踪影。

天亮了。花草上成串儿的露珠排队似的规规矩矩地滚着,夜来香慢慢收敛了香气,紫藤萝一嘟噜一嘟噜的花朵十分鲜亮,仿佛孕育着一天的希望。

在晨曦中,宁儿和小青看见泉水的那一边有一个小村庄。红色的屋顶显露在绿色的树丛中,屋顶上飘起乳白色的炊烟。忽然,树丛中响起了一阵银铃样的笑声,有七八个孩子正向他们跑过来。

"喂!喂!"孩子们老远就大呼小叫,他们一个个小马一样跳过了泉水,把宁儿和小青包围住了。

大家七嘴八舌地问:"你们从哪儿来呀?""你们叫什么名字?""你们来干什么?""你们要到哪儿去?"

宁儿说:"我们不从哪儿来,我们要找月亮珠去。"小青补充说:"我们是从月亮里掉下来的!"

宁儿连忙又抢着对大家讲述昨夜的事情,讲得上气不接下气。

这些小朋友们也都曾做过嫦娥的客人,在月宫的大厅里翻过筋斗,听过音乐,观赏过那百合花座上光华夺目的大珠。大家听说月亮珠被西王母抢走了,都气得变了脸色,有的气得脸绯红,有的气得脸发白,有的气得脸铁青。一个头上扎着蝴蝶结的孩子大声说:"怪不得夜里天上落下那么多流星,亮得像开了一万盏电灯,把我们都照醒了。原来是月亮碎了,西王母把嫦娥阿姨和月亮珠都抢走啦!这真气死人!掉下来的流星中间有一团黑影,就是你们啊!"

"就是我们!"宁儿和小青挺胸答道。

一个戴小眼镜的"学者"结结巴巴地问:"你们……打,打,打算……怎么找月亮珠啊?"

宁儿又把"想"给他们出的主意和"做"给他们的帮助说了一遍,他的嘴动得比脑子快,把许多重要的话都说漏了,小青就不断地给他补充。大家听了,知道有办法找回月亮珠了,高兴得"乌拉"一声,你一言我一语嚷道:"一定要干到底,为大伙儿找回月亮!""大家都等着月亮呢!""大家都等着嫦娥阿姨呢!"

那扎蝴蝶结的女孩说话又脆又快:"夜里不是有人梦见脚长到头上去了?真急死了!"她是很爱着急生气的。

"还有,在月亮光底下捉迷藏,太带劲了!"一个男孩子插嘴。

"有月亮光,我就不怕黑了。"一个女孩子小声说。

"有月亮光,根本就不黑,不黑,还用得着怕黑?"有人顶她。

一个滚圆的小胖子,愣头愣脑的,大声说:"没有嫦娥阿姨,我可就惨了,我每夜都梦见拼命吃糖吃得肚子直疼……"

轰的一声,大家都笑得前仰后合。

宁儿挺起胸膛很有决心地说:"我们一定要把月亮珠找回来!"

小青也应和道:"一定要把月亮珠找回来!"

小胖子说:"我和你们一块儿去!我也要去!"

这样一提,谁不想去?大家都嚷开了。"我也去!""我也去!""现在就走!""我跟奶奶说一声去!"乱成一团。

戴眼镜的"小学者"急红了脸,他大声嚷道:"安静点儿!"他托了一下眼镜,说,"大家都去有什么好处?不如来开会研究一下吧!你们……"他看向宁儿和小青便停住了。

小青猜到他是看自己年纪小,她最气的就是这件事了,日子过得这样慢!过了这么多年她还没有长大。她抢着说:"我们当然参加会,我已经长大了!"

大家都鼓掌欢迎。宁儿说:"我和青妹素来意见一致。"

经过研究,决定委派宁儿和小青去找月亮珠。理由有许许多多,因为月亮碎时他们恰好在月亮上,又因为他们遇见了"想"和"做",又因为……别的孩子呢,当然也不能闲着,各处去多邀些小朋友,尽快赶去凑那三千声的笑。找回月亮,这是多么重大的事!这不只是为了少先队员,也为了所有的小朋友们,还有大人们,还有花草树木,还有虫鱼鸟兽……有谁在夜晚不喜欢月亮?你说说看。

就这样,小朋友们把宁儿和小青送上那飞纱。宁儿喊了一声:"到美丽之乡去!"飞纱马上托住了宁儿、小青二人,飘飘荡荡地飞起来,越飞越高,越飞越远了。

四

不说宁儿和小青乘了飞纱向"美丽之乡"进发。却说西王母回到她的"泥宫"里,把嫦娥关进了地窖后,就把月亮珠摆在大殿上,坐在椅子上得意地欣赏着。她的椅子是五百只耗子搭成的。西王母看得得意时，哈哈地笑起来，五百只耗子也都叽叽地叫起来。这时，三头鸟飞来了，站在她面前呜呜地说："我看那两个小家伙不是好东西，一定要和咱们作对。"

"作对？"西王母一张臃肿狰狞的脸，变得红中透紫，头上的毒蛇个个都抬起头来，咝咝地叫。"我怕他们作对？我要叫他们知道我的厉害！"她站起来用猪毛扇子一扇，扇子上出现了两个干树枝似的小黑人，她轻轻对三头鸟和小黑人吩咐了几句话，小黑人一下子就钻到三头鸟的羽毛里去了。

紧接着，三头鸟用翅膀遮着头，在原地转了一个身，不见了踪迹。

宁儿和小青飞呀飞呀，飞了好半天。飞纱从空中落了下来，他们发现自己来到了花的世界。满山遍野都是花，一年中任何一个时辰、世界上任何一个角落的花都在这里开着。红梅和杜鹃，蔷薇和玫瑰开成了一片红艳艳的火海；金黄的菊花、寿丹，浅黄的刺梅、迎春，颜色又鲜亮又娇嫩；浅紫色的丁香，淡蓝色的二月兰，使人想起了各种美好的梦；华丽的牡丹、芍药都在盛开，丰满的花朵有小青的脸儿大。一眼望不到边，都是花，花……各种各样的小鸟在花树间穿来穿去，用不同的调子唱着歌，形成了一支和谐的乐曲。

宁儿和小青高兴极了。这么多花，还愁找不到三千瓣百合花瓣么？他们无心仔细看那花的景致，只在花丛里穿来穿去，寻找百合花。

他们穿过曲曲折折的花径，走过高高低低的花山，绕过遮遮掩掩的花枝编成的篱障；他们看到白玉般的玉兰，白雪似的梨花，点点小星的珍珠梅，却没有看见一朵洁白的、幽静的百合。

他们哪里知道,在他们还在空中飞的时候,三头鸟已经把那两个小黑人放到百合花丛里了。两个小黑人一下子就钻到地下,在花根上只一碰,那一丛花马上就干枯,花枝花叶就都成了焦炭,缩到地底下去了。

小青很是着急,问宁儿道:"宁哥,百合花哪儿去了?怎么一朵都没有呢?"

"又问我!什么事都问我!"宁哥心里实在有些冒火。

他们两个站在花丛里这样一嚷,花儿们忽然都骚动起来,东摇西摆,形成起伏的波浪。他们身旁有一朵很大的白牡丹,摇着头,花瓣上闪着圆滚滚的露珠,对着他们呜咽起来。宁儿皱着眉叫道:"牡丹姐姐,你大概知道百合花住在哪儿吧,你告诉我们好不好?"

牡丹花心里钻出了一个秀丽的小头,头上戴着白牡丹的花冠,她看着宁儿和小青,眼泪从脸上流下来滴到花瓣上,成为闪亮的露珠。她轻轻地说:"月亮碎了,百合花也都枯死了。"

"都枯死了?这是怎么回事?"宁儿两手捧住了白牡丹的花朵,大声问。小青瞪圆了她那双黑亮的大眼睛,盯着白牡丹。

白牡丹把头往左边一点,宁儿和小青顺着它的眼光看过去,看见一排木香花的篱笆,上面开满了雪白的小花朵,但是篱笆下面——呀!那里有一株干枯了的百合花!枝干全都漆黑了,只有一朵半焦的花还缀在枝头,颤巍巍的,像是随时都会落下来,已经没有一点儿活意了。宁儿和小青飞跑过去,想要用手去摸摸,那百合花却连枝带叶都缩到地下去了。小青心里一阵酸,把头转开,一串眼泪滴在了木香花上。

在眼泪滴落的地方,猛然冒出了那紫衣的小仙子"想"。小青高兴地叫了一声,宁儿赶忙凑过去,叫道:"'想',你也来了!

请教教我们怎么办才好！"

"想"慢慢说道："这是西王母的小黑人捣的鬼，百合花全都得了干枯病，缩到地底下去了。"

小青抽了抽鼻子，说："得了干枯病？用水把它浇活，行不？"

"想"微微笑道："行。不过要讲究浇法。"

宁儿摇着木香花说："怎么讲究？快说呀！"

"想"说："冲你这个脾气，就办不成事。其实办法也简单，用手一次捧十滴露水，浇它一百次，它就活过来了。一次十滴，不能多也不能少，一百次要连续，不能间断。要做得快，太阳一出，露水就没有了。"她刚说完，向木香花里一屈身，就忽然不见了。

宁儿问小青："听见了？"

小青问宁儿："听懂了？"

两人都点点头，打起精神来，一个往左边，一个往右边，去收露水。牡丹花、蔷薇花都弯下身来，让花瓣上的露水一滴滴流入宁儿和小青的掌心。宁儿浇一次，小青浇一次，两个人一刻不停地跑来跑去，手臂和腿都酸痛了，可是他们还是一个劲儿干下去。

"七十八！"宁儿捧了一捧清凉的露水，往那干了的花朵上淋下去，喊着。

"七十九！"小青紧接着又捧一捧露水跑了过来。她懒得（或许是她认为不必要）多走几步路，老远就把水泼到花上，洒得满地都是水。

宁儿又飞似的跑过来，手里的露水早洒出了一半（他才不注意这些），兴高采烈地喊道："快完了，快完了！八十一！"

小青把手放在芍药花下,数着向她掌心滚来的露珠:"一、二、三、四……"心里却在想,为什么一定一次要十滴呢?为什么要浇一百次?想着想着,露水在掌心里溢出来了,不知道已经有几滴了,怎么办?泼了重来接罢!这时只听见宁哥在叫:"青妹!你总是这样慢!"

小青着了急,想:"多些总比少些好!"(她多么会动脑筋!)便向那百合花跑去了。

宁儿呢,在梅树下站着。"一、二、三、五、八、九、十。"他数得真奇怪,可是他从不想想这有什么不对。

就这样,他们以为自己浇了一百次,百合花喝够了露水,干枯病该好了吧?他们哪里知道,三头鸟正栖在远处一株梨树上,三个头都在得意地点动,因为它比宁儿和小青都数得正确,知道他们并不是每次都接了十粒露珠,也没有浇够一百次,地底下的百合花根,大部分都还没有被水浸透呢。

宁儿和小青按照他们的计算法浇完了一百次,就停下来望着那百合花,眼睛眨都不眨一下。没多少时候,果然,地下慢慢透出了一朵干枯的百合花,它渐渐地变柔软了,变白了。很显然的,有一脉清泉从花根流上来,滋润着花瓣,使它们从死亡里争回自己的生命。

"百合花活过来!"小青轻声地说。

"好百合花,把你美丽的花瓣送给我们三千瓣吧!"宁儿大声对它说。可是那地下的清泉来得迟迟疑疑,百合花挣扎了许久,又垂头丧气地萎缩下去了,它的生命并没有回来。再看地上别的百合花,也是这样,它们都想要挣扎出来,可是有的只出来半个花朵,有的只出来几片叶子,就停在那里了。

"它们没劲儿了呀!"宁儿叫了起来。

"咱们的露水浇得不对啊。"小青难过地拉了拉宁儿的袖子,"我有几次浇得太少,有几次又太多,百合花病得这样厉害,它哪儿受得住……"

"我每次给的都不够!我大概就没有数对过!粗心大意!"不过宁儿是不爱后悔的,他把胳膊一举,说,"来!咱们再从头来,不行吗?"

"哈哈哈!你要从头来也来不及了!你看看哪儿还有露水?"宁儿和小青抬头一看,只见三头鸟站在梨树上,旁边站着两个小黑人,他们正在得意地大笑着。

这时候,太阳已经出来了,花瓣上的露水,一滴也不剩了。

两个小黑人向三头鸟翅膀里一钻,三头鸟用翅膀抱住头,在原地转了一个身,它们都不见了。

露水要明天早上才会有了,怎么好呢?宁儿和小青商量了半天,觉得不能在这儿白白耗费时间,决定先去取那三千粒汗珠。

好在飞纱来去很方便,他们踏上飞纱,对它吩咐了一句话,就飘飘荡荡向"智慧之国"飞去了。

五

宁儿和小青飞向"智慧之国"的时候,三头鸟已经回到了西王母身边。西王母正歪在一千只蜈蚣堆成的睡榻上,轻轻摇着她那把猪毛扇子,毒蛇在她头上静静地蜷伏着。

一见三头鸟,西王母把满口牙咬得咯吱咯吱直响,问道:"百合花都死了?"

三头鸟的三个头一齐点动,用哭一样的声音说:"他们没有取到百合花,现在上那'智慧之国'去了。"

西王母把猪毛扇子呼啦一声折起来,变成了一根管子,她顺着这管子,看见一个银色的光团,飞似的掠过去。她哼了一声,呼啦又把扇子打开,对远处接连扇了三下。

扇了第一扇,黑云像波浪一样,从西王母脚下涌出来;扇了第二扇,乌云像浓烟一样,从西王母头顶上涌出来;扇了第三扇,乌云滚滚从四面八方涌过来。刹那间,天昏地暗,伸手不见五指了。

那智慧之国在海中间,现在,宁儿和小青站在飞纱上,正在蔚蓝的大海上飞行着。海风轻轻吹着,他们忘了刚才的失败,又唱起歌来:

蓝蓝天上银河水,
一只小白船……

他们正唱得高兴的时候,突然天空中滚来了厚厚的黑云,遮住了太阳。

"啊,天这么快就黑了!"小青惊奇地问。

这时大风怒吼,海水掀起了万丈波涛,黑色的海浪一个接一个直往飞纱打来,像是许多魔手要把飞纱上的孩子抓下海去。

小青紧紧拉着宁儿,着急地问:"我怎么一点儿也看不见你?"宁儿嚷着:"别害怕,别害怕!"

大风把"飞纱"接连吹翻了几个筋斗,都没有使宁儿和小青栽倒。最后猛地掀起了一个冲天巨浪,这一浪,把宁儿和青妹卷下了海。那"飞纱"被汹涌的海水拥着,不知漂到哪里去了。

宁儿和小青落在海里,简直有些迷糊了。小青想:"这回真糟糕,月亮珠找不到,家也回不去了。"宁儿更着急,他想:"我受了大家的委托,没找到月亮珠,却先淹死了,这可不行!"

兄妹两人一面想着,一面唯恐被海浪打散,紧紧地拉着手,在海水中上下翻滚着。

不一会儿,他们就向海底沉下去。他们觉得自己像是躺在软软的绒垫子上,往下沉,往下沉,越沉越深,离开天空也越远。这时,天黑漆漆的,什么也看不见——要是有一颗星,也好让宁儿、小青能知道到底天在哪儿,自己沉得有多深了。

星星们都怀念着宁儿和小青,他们都想点起灯来给他们照个亮。可是那大风,直往星星的窗口里灌,要点着蜡烛太不容易。那年老的星在风里点着了蜡,微弱的光还没有透过黑云,就被风吹灭了。

宁儿和小青往下沉,往下沉,不知过了多长时间,最后到了底,停住了。四面黑漆漆的,什么也看不清。

小青有点绷不住劲儿了,事情原来不是想一想就完事了,做起来可也不容易哩!现在她很想念自己的温暖的小床,又想,妈妈找不到他们两个,不知急得怎样了。不觉嘟哝了一句:"这可怎么办哪!"她不敢大声说,怕被那黑暗里看不见的妖怪听见。

宁儿拿出哥哥的样子来,说:"你怕难吗?"小青说:"谁怕来着?我想着,前头还不知道会碰见什么……"一句话没完,忽然远处黑暗里冒出一点亮光,这亮光在向前移动,越来越近,接着闪电似的一亮,耀得人眼花。宁儿和小青都愣了。定神一看,呀!眼前是一片透明的海水,里面游着各种各样的鱼虾,奇形怪状,有的头上挂着一根长鞭,有的背上生着翅膀。海底长着通红的小树,还有像大蘑菇似的水母飘来飘去,宁哥和青妹简直怔住了。接着又是打闪似的一亮,还有轰隆隆一阵响。小青捂住耳朵说:"打雷呢。"

"不是打雷,是我。"一个十三四岁的男孩子声音温和地说。

宁儿和小青大吃一惊,看见透明的海水里出现了一条金光灿烂的大龙,龙头正对着他们,上半身在亮光里,片片鳞甲发着各种颜色的光,尾巴看不清,不知有多长。宁儿忙把青妹挡在身后,弯下腰摸起了一块石头,心想要吃就先吃我吧,你吃了我,我也要把你肚皮划破。

那龙却没有一点儿伤害两个孩子的意思,很和善地看着宁儿。宁儿也对着龙看了一会儿,慢慢地,他习惯了那亮光,觉得龙的眼睛虽大虽亮,目光却很温柔,便把手中石头扔了,大着胆子问道:"说话的是你吗?"

"是我。"那大龙用小男孩子的声音说。小青奇怪得都忘记害怕了,从宁哥背后伸出头来看。

大龙看了小青一眼,问道:"小朋友,你们上哪儿去?"

宁儿正要开口,小青暗暗扯了扯他的袖子。宁儿会意了。他想:这龙是好人坏人还不知道,怎好随便把自己的秘密告诉人家。就反问龙:"你是谁?你是干什么的?"

大龙说:"我是龙,不过不是普通的龙,是一条孽龙。其实在许多年以前,我和你们一样,也是个小孩子。"

宁哥和青妹不觉向前走了一步。

"我名叫聂郎,父亲早死了,我在财主家当长工。一年大旱,财主把我赶出来,我只好天天割草卖钱,养活母亲。那时到处的草都干死了,却有一块地方的草总是青的,我在那儿挖到一颗宝珠。把这珠子放在米缸里,就有吃不完的米,放在钱袋里,就有用不完的钱。这样,穷人都不愁吃穿了。财主家知道了,派人来抢。我没地方藏它,只好吞到肚子里,谁想到就变成了一条龙。我发水淹死了财主,撇下了母亲,飞到这大海里来,一路上,一回头就是一个滩,一滴眼泪就是一股泉水。人家都叫我'孽龙'。我已经一个人在这大海里过了几百年了。"

宁儿和小青听了孽龙一番话,都很同情它,又喜欢它。宁儿拍手道:"孽龙,孽龙,你跟我们一块儿回去吧。你可以上学。现在没有财主啦,你何必待在这儿呢?"

小青也说:"我们一块儿走吧,找到月亮珠,一块儿回家。妈妈会做顶好吃的甜饼给你吃!"

孽龙说:"我在海上闲游时,也听来往的鸟儿们说起过,现在世道变了,现在的孩子们过得真高兴。我也很想到地上去看看,但是……"它忽然停住了,默默看着宁儿和小青,大眼睛被泪水润湿了,似乎心里很难过,又似乎很兴奋。

沉默了一会儿,龙说:"我现在这个样子,怎好和你们在一起,再说,海也离不开我——老实说,我也离不开海。"

宁儿和小青觉得也对,海里怎么能没有龙呢?海里有这样一条好龙,对大家都有好处,眼前就可以请他帮助找月亮珠。他们一面想着,一面便把西王母如何欺侮嫦娥和星星,如何抢去月亮珠,他们又如何去找月亮珠,掉在海里等事情原原本本讲了一遍。

龙说:"西王母是个大坏蛋!我刚入海时,她也想给我个下马威,叫我年年送海产给她。我可不能再当别人的长工,就和她干了一仗,她跑得快,我只把她的尾巴咬掉了一半,现在它还躲着我。"

宁儿和小青想起来,怪不得西王母的尾巴是秃的。

孽龙又说:"飞纱掉到海里了?我帮你们找回来。"他把头轻轻一点,数不清的大大小小的鱼虾,成群的龟蟹,都围拢来了,连开在海底的那些海葵也向孽龙慢慢爬过来。只听孽龙威严地发布命令:"这两位小朋友在海里丢了一块白纱,快去找来!"各式各样的鱼虾都飞快地分头游到各处去寻找,行动不便的龟蟹也仔细地观察自己待着的那块地方。不一时,就有一条朱红的大鱼,鳍上挂着一块薄薄的白纱,游过来停在宁儿和小青身边。正是那块飞纱!宁儿连忙伸手取了过来。兄妹两人高兴地向鱼和龙都行了礼,连说:"谢谢你!"

孽龙又想了一想,眼睛向左看了看,一只大虾马上就游过来,等候吩咐。孽龙说:"把海鞭取来。"大虾立刻游开去,一会儿,钳子里举着一根藤条似的东西又游来了。孽龙把海鞭送给了宁儿和小青。

宁儿把鞭拿在手里,上下看了一遍。这是一条乌黑的圆棒,是海藻的叶子编的。编得很细密很光滑,尖头有一丛带尖的叶子,十分锋利。孽龙说:"若是遇见西王母,用这个打她,她就怕了。"宁儿连声谢了孽龙,把海鞭绑在腰带上。

青妹觉得这大龙太可爱了,很舍不得离开它,说:"你跟我们一同去吧,你一个人在这儿,多闷得慌。"

龙微微摇头说:"闷倒不能说闷,有许多事情要做,要管。你们也快走吧,找月亮珠要紧,整个的海,都等着月光呢。"

那些鱼呀虾呀,蟹啊龟啊都向宁儿和小青点头,表示他们也都在盼望月亮。

宁儿说:"龙,我们写信给你,行吗?"

龙的温柔的眼光显得更温柔了,它说道:"怎么不可以呢,把信交给往海上飞的白鸟,它们会带给我的。"

"再见!"宁儿和小青留恋地望着孽龙,站在飞纱上,直向海面升去了。

六

照西王母的估计,宁儿和小青早已被孽龙吃掉了。她想,孽龙那样凶,难道会放过这两个小孩子?"这一回,孽龙这畜生倒帮了我的忙了。哈!真是妙事!"

她靠在七百只蜥蜴搭成的座位上,轻轻摇着,手里的猪毛扇子轻轻扇着,想到得意时,一条秃尾巴不停地摆动。这时,三头鸟忽然又飞来了,在空中就号叫着:"那两个小鬼!那两个小鬼……"

西王母虎牙一龇,把扇子合起来,往远处看去。这一看,气得她暴跳如雷,把阶下伺候的小耗子都吓得满地乱跑。

原来在大海上,孽龙喷出一道上接云霄的水柱,发着奇异的闪动的光彩。西王母放出的黑云都驯服地绕在水柱上,跟着水柱落到海里去了。霎时间,海上晴空万里,看不到一点儿云彩。只有天边闪着一团银光,那是宁儿和小青正乘着那飞纱在空中飞行。

"你们总逃不出我的魔法!"西王母咆哮了一声,把扇子刷地打开,轻轻一扇,扇子里掉下了两块糖饼,转眼间,就变成两只小虫,跳到三头鸟的翅膀里去了。

西王母悄悄吩咐了三头鸟一些话,三头鸟的三个头七上八下乱点,连声说:"知道了,知道了!"它用翅膀蒙着头,转了一个身,就消失了踪影。西王母还有些不放心,皱着眉想了想,又用手一指,从指尖里飞出一个蚊子。西王母一摆手,蚊子也跟着飞去。

宁儿和小青飞啊飞啊,飞到了"智慧之国"。

飞纱落在一座悬崖上,悬崖矗立在蔚蓝色的大海边,海水轻轻拍打着峭壁。峭壁这一面是秀丽的山峦,山上山下,长着许多笔直的树木,样子都很特别。有的头顶上长着很长的白茸茸的东西,宁儿想,它大概是用功用得白了头。有的身上有一凸一凹一凸一凹弯弯曲曲的皱纹,仔细看去,原来是缠在树身上的茑萝。有的树枝上开着一簇簇淡蓝色和粉红色的花朵。透过树林,看见一座座白色的房屋,却不见一个人影。

山路倒是平坦坦的,好像是用大理石铺成的,又光滑又漂亮。两旁是白杨和梧桐,中间有一道窄窄的花墙把路隔成左右两条,还有不知从哪儿飘来的槐花的香味。宁儿和小青的脚步很轻快,心里充满了希望。他们想,这条路在月光下一定会分外美丽。

走着走着,宁儿看见路上有两块糖饼,他好奇地跑过去拾起来,一摸一闻,又热又香,就递给青妹一块,说:"准是谁掉在路上的,咱们吃了吧。"小青想了想,说:"不好!捡着人家的东西,该还人家。"宁儿踌躇了一会儿,又把饼放回到地上。这时小青又发现了奇怪事:在他们站住看糖饼的时候,路旁的树却向后移动起来,原来不是树在移动,而是这条路在自动向前走!她叫了一声"宁哥",赶快跑到花墙那边的路上去看看,宁儿也跟着跑过去。那条路也是自动的,只是走的方向是相反的。两人笑喊道:"原来这两条路像电车一样一来一往的!"都高兴得跳了起来。

两条路向相反的方向移动着,走哪条好呢?他们决定还是走原来那一条路,因为原来那条路是通向那些白房子去的。他们便又跳过花墙走回来。刚刚站好,看见那两个糖饼还是摆在路边上,饼上一层厚厚的糖浆看起来真馋人。宁儿又要拾起来吃,小青瞪了他一眼,说:"扔在地上的东西,脏死了,吃了不卫生!"宁儿觉得有理,就不拾了。路转了几个弯,快到白房子了。小青的一双黑亮的大眼睛东转西转,忽然用手拉住宁儿的衣服说:"你看!"

路边不远的一株大树下,有一个白色的圆圆的大蘑菇(这里有许多大蘑菇,散布在林间,好像一些大圆石凳),蘑菇上坐着一个人,手里拿着一根石笔,在地下一块方石板上画呀画的。宁儿和小青忙走到大树底下,只见那人画的全是算学式子,各种各样的符号,复杂得很。

小青想要向那人问话,又怕打扰他的工作,就站在旁边不响。忽听得叮叮当当的响声,像是珠子落在玉盘上。原来那人宽而平坦的额头上,全都是汗珠,汗珠顺着脸腮流下来,落到石板上,发出清脆的声音。

"汗珠!"小青伸手抓起几粒,它们像金刚石一样闪烁着绚烂的光彩。

宁儿抓了一把,还叫小青:"快数数,有几个了?"

小青不理他,自己嘟囔道:"真奇怪,天又不热,他怎么会出这么多汗?"

"叔叔!"宁儿忍不住了,大声喊道。

那叔叔被惊醒了,抬起头来。这是一个年轻英俊的叔叔,有一双明亮的眼睛,看他的眼睛就知道他是个聪明人。他站起来,和气地对宁儿和小青说:"小朋友,是找我么?"

宁儿说:"不是找你。"马上觉得这话不对,连忙改口说,"是找你。"说了又觉得不对,又说,"不……"就停住不说了。

亮眼睛的叔叔笑了起来,问:"你怎么啦?倒是说呀!"

小青也着急地望着哥哥,宁儿把眼瞪圆,一字一字地说:"我们是来找月亮珠的……"

"月亮珠?"亮眼睛叔叔用两只手揽着他们,仔细看着他们,说,"哦!你们就是昨天月亮碎时,在月亮里的那两位小朋友。我们从望远镜里看见了。你们知道怎样找月亮珠么?"

两人都忙不迭地点头。亮眼睛的叔叔原来什么都知道。他又问:"百合花瓣有了么?"

这一问,两人都红了脸,半晌,宁儿说:"我们太笨太懒,没有拿到百合花……我们打算到明天再去收集露水,现在我们想先收集汗珠,可以么?"

叔叔没有回答这句话,他向空中看了看,和气地问:"有人和你们一道来么?"

宁儿抬起头来,也向空中看了看,很肯定地说:"没有。就是我们两个人。"

"那,那是谁呢?"亮眼睛叔叔微笑着,指指头上的树枝。

宁儿和小青顺着他指的方向看,树枝上空空的,什么也没有。

亮眼睛叔叔从树枝上摘下一把嫩叶,向空中抛去。

叶子抛上去了,啪的一声打中了什么东西,扑通一声那东西跌到地上来了。宁儿和小青一看,原来又是那只三头鸟。小青吓了一大跳,慌忙躲在宁儿身后。

"你到这里来,有什么事?"亮眼睛叔叔的语调很严厉但又很平静。

"我么?哦……我……"三头鸟支吾着用翅膀遮起头,想转个身逃走,亮眼睛的叔叔没等三头鸟转完身,就一把抓住它的一个脖子,顺手折了两根柳枝,把它拴在近旁一个大蘑菇柄上,说:

"问你话难道不会回答？你好好想想，回头我再问你。"

亮眼睛叔叔对宁儿和小青说："西王母手下的妖物们最怕新鲜的花朵、树叶一类的东西，因为它们惧怕青春，惧怕生命。"

果然，三头鸟被新鲜的柳枝缠得浑身发软，没有一点儿力气。它的六只眼睛流着眼泪，翅膀一扑扇，掉出两个糖饼来。

"这糖饼被它捡去了！"宁儿和小青叫起来。还告诉亮眼睛叔叔，他们在大路旁看见过这糖饼了。

亮眼睛叔叔说："这不是它捡去的，这是它带来的呀。西王母以前也请我们吃过。当然，我们没有上她的当。"他说着用手巾把糖饼包了起来，"这些糖饼是毒药做的，有的能让人聋，有的能让人哑，有的能让人变成白痴，中了毒的人，只有龙涎才能治得好。"

亮眼睛叔叔又说："现在，我陪你们去收集汗珠吧。"

宁儿和小青随着亮眼睛叔叔走上大路。叔叔在路旁的一棵树上揿了一下。啊！这路忽然跑得飞快，他们像是坐上了童话里的飞毯一样，只听见风从耳边吹过，一眨眼就到了一座有冬青树围墙的大房子前面。亮眼睛叔叔带着他们冲锋一样跑了进去。

穿过一条长的甬道，就是一个宽敞的大厅。透过长玻璃窗，宁儿和小青看到大厅里有各种各样的仪器，许多穿着白衣服的叔叔阿姨们在那儿忙着。他们的手在忙碌地做，脑子在紧张地想，大滴的汗珠，不断在额上渗出。

亮眼睛叔叔把他们带到一个小花园里。这里盛开着波斯菊、五色梅、西番莲、大理菊。花丛的这一边，有一个水晶石做的栅栏，栅栏上交叉着挂了无数用蜘蛛丝串起来的汗珠。花丛的那一边，紧靠着大实验室，有一个蔷薇花架。架下有个小池塘，开着漂亮的凤眼兰。架上有一排小孔,每一个孔里都在接连不断地滚出晶莹的汗珠,形成了一面闪光的珠帘。它们流到小池塘里,又从塘底流走了。叔叔说,这池塘通着大海,汗珠堆积在海底,年长日久,就变成了珍珠。

亮眼睛叔叔叫宁儿去解水晶栅栏上挂着的汗珠,叫小青去收蔷薇花架上流着的汗珠。两个人兴高采烈地跑了过去。

青儿站在流动的珠帘前,眼睛都不肯眨一眨。这珠帘实在太好看了,在流动中闪出丰富的颜色,仿佛是天边的彩虹,可是彩虹哪里有这样活泼?又仿佛是夕照下的流水,可是流水又没有这样变幻的光亮。这里的汗珠子太多了,手一捧就可以捧住几十粒。三千粒汗珠,不到一个钟头就可以做完。小青只顾看着,想着,竟忘记动手去接它了。

宁儿却不同,他一爬到那水晶架子上,就动手去解那珠串。谁知那几串珠都绞在一起,根本找不到线头在哪里,解来解去总解不开。他解得有些不耐烦了,也不再仔细想应该怎样换个法子解,却把它们用力一拉,只听见叮叮当当一阵乱响,那些珠子全都散落在地上了。宁儿大叫道:"快来捡!快来捡!"一面连滚带跌地从架上掉了下来。青妹忙跑去帮忙,可是两人四只手紧抢慢抢不过抢起来几十粒。眼看着光亮亮圆滚滚的珠子一颗颗都滚在地上,没入花丛里不见了。

青妹气得噘着小嘴说:"你看你!做事情就这样不动脑筋!"她看见宁儿满脸难过的样子,又转过话头说,"不要紧,我这边还有的是,也足够了。"可是等她回头,她那边的珠子也没有了。蔷薇花架这时已经不流汗珠了。她跑过去,只来得及看到最后一排亮晶晶的珠子流进了池塘。等了好久仍旧是一样,再没有汗珠流下来了。

这时,亮眼睛叔叔来了,他笑嘻嘻地说:"实验室已经下班,劳动停止了。你们要的汗珠收集够了吧?"

他看见小青脸颊上停着晶莹的泪,宁儿在一旁嘟着嘴,两人都低下头不看他,觉得很奇怪,就问道:"怎么了?我的小朋友,你们吵架了吗?"再一看,他发现四只小手松松地握着,手里只有几十粒汗珠子,他有点明白了,说:"你们没收够三千粒?"

宁儿吞吞吐吐地说:"我们……我们没好好做……"亮眼睛叔叔也不知该怎样才好,三个人站在池塘边上,朝着池水发愣。

这时候,忽见池里射出了一道浅紫色的光辉,跳起了一尾浑身闪着金光的小金鱼,它的尾巴拨起了一串水珠,这些水珠你碰我我碰你,奏出了一阕清脆的歌:

哪只小鸟平白地就会唱歌?
哪个枝头轻易就开放花朵?
头里有脑子,为什么不用来思索?
胳膊上长着手,为什么不用来劳作?
要想要做,才快活!

宁儿和小青听那声音,怪熟识的,看看这小金鱼,好像也有点认得,却又不知在哪里见过。小金鱼靠在凤眼兰叶子上,对他们说:"你们好!还没有找到汗珠么?"他们两人这才想起来,这小金鱼不是别人,就是那会动脑筋的小仙子"想"。他们不知道该怎么回答,只好低下头不说话。

"想"又问:"你们打算怎样呢?"

两人齐声回答道:"当然还是要找月亮珠!"

"那就做呀!"从蔷薇花架旁边传来了一声清脆的呼喊。宁儿、小青和亮眼睛叔叔都回过头去,看见在一株蜀葵的头顶上,站着那红衣小人"做"。他手里挥动着一顶尖尖的红帽子,胸前的小甲虫扣子滴溜溜乱转,连声嚷着:"快点做呀!"

随着他这一嚷,那些波斯菊、大理菊、五色梅、西番莲都跳起舞来了,跳得那么轻盈,那么活泼,那么美。它们歪着头亲切而又带有责备地看宁儿和小青,好像笑他们两次都那么不经心,那么懒;又好像鼓励他们继续努力,一定要找着月亮珠。

青儿蹲在池旁,悄声问"想":"我们还是到'幸福之土'去吧?"

小金鱼点了点头,尾巴一甩,又甩起一串水珠,它往凤眼兰叶子中间一钻,一下子就滑了进去。"做"站在蜀葵的花心中,又嚷了一声:"快点做呀!"也没入花心,不见了。

这时,那些做科学研究的阿姨叔叔们都到这小园子里来了。他们还穿着雪白的工作服。一个戴眼镜的叔叔对一个小身材的阿姨说:"今晚如果找回了月亮,咱们还到海边去。"那阿姨瞪了他一眼,没有说话。又一个留着络腮胡子的伯伯说:"没有月亮,星星在发愁呢,在望远镜里看着它们,我也心焦。"一个脸红红的满脸淘气样子的叔叔冲到大家前面,说:"你们都这么惦记月亮!快见见这两位替大伙儿找月亮的小客人吧!"

宁儿、小青怕他们问起找月亮珠的事,两次失败,怪不好意思的,连忙拉拉亮眼睛叔叔的手,向他告别,登上了飞纱。

飞纱飘了起来,花儿们拉着彩色的裙子向他们行礼,亮眼睛叔叔带着信任的笑容向他们挥手,其他的叔叔阿姨也都抬头向他们喊道:"小朋友,快把月亮珠找回来吧!我们都在等着月亮呢!"

七

三头鸟被亮眼睛叔叔擒住了以后,藏在鸟翅里的蚊子,偷偷溜走了。这蚊子拼命扇着它那薄薄的双翅,向"泥宫"飞。它赶到西王母跟前时,已筋疲力尽,一头栽倒在地上。

西王母头上的毒蛇一条条都竖了起来。蚊子嗡嗡地报告(好像伤了风一样):"三头鸟让人捉去了!"

两王母气得连那两颗大虎牙都变了颜色,她喊道:"好小子,你反正逃不出我的手心!"说着连连跺脚,第一脚就踩死了瘫在地下的蚊子,以后几脚把"泥宫"中积年的灰尘都跺了起来,满天空里烟雾腾腾,混浊得像一锅粥。

这一阵莫名其妙的烟雾,正落在宁儿和小青的头上,呛得他们连连咳嗽。宁儿双手拉住青妹,怕她咳得从飞纱上跌下去。那飞纱上积满了灰尘,越飞越慢,越飞越慢,最后飞不动了,竟完全停住。

"咱们到了哪儿?"小青小声问。

宁儿伸手往前一摸,石头!往后一摸,也是石头!原来碰到了石头山上!宁儿叫青妹站好,低声对飞纱喊道:"到幸福之土去!到幸福之土去!"可是飞纱还是纹丝不动。

正在紧张的时候,只听见一阵乱钟敲响,接着一声狞笑:"你们可落到我手里了!"这是西王母的声音!宁儿和小青吓坏了,两人紧紧抱在一起。烟雾弥漫中,仿佛有什么东西从头顶上扣下来,压得他们简直透不过气。

他们定了定神,才慢慢地看清了。原来他们是被扣在一个扇形的罩子下面。那罩子很奇怪,你站起来,它的顶也随着长,你蹲下来,它的顶也随着缩。四周一点儿缝也没有。这该怎么办呢?

宁儿急了,直叹气:"那么多人等着咱们找回月亮珠,咱们却扣在这儿不能动!"

小青说:"想办法呀!"

"你想得出你想。"宁儿蹲在地下,望都不望她一眼。

小青用手摸着那罩子,真是一点儿缝也没有,推了一下,觉得它有些软,心想如果带了剪子来,也许会把它剪开。忽然间,她觉得心里一亮,大喊道:"宁哥!海鞭!大龙送我们的海鞭!"

宁哥跳了起来,把绑在腰带上的海鞭拔出,说:"你要海鞭有什么用?"小青说:"你不记得吗?海鞭的一头很尖,也许它会有用,你摸摸,这墙是软的。"说着,小青接过海鞭,往罩子上扎了一下,"噢!扎不动,没用!"就又把海鞭还给了宁儿。

宁儿知道小青的脾气,她的手总像有千斤重,最不爱动,便对她说:"这又不是绣花针,只扎一下,你怎么就知道没用?"一面说一面接过海鞭来,用它锐利的尖头在罩子上钻了起来。小青却蹲在一旁,想起家来:"妈妈找不到我们,该有多么着急,妈妈该不会哭吧?"她这样想着,自己却要哭了。

宁儿钻着钻着,不知钻了多少时候。手都酸了。手酸宁儿倒不在乎,换了一只手,还是继续钻着钻着。

小青在旁边蹲着,许久许久没听见哥哥说话,就说:"哥哥,你累了吧?你歇歇,让我来!"一面说,一面接过了海鞭,谁知她刚一碰那罩子,就"哎哟"一声大叫起来。原来罩子上已经钻出了一个洞,手都能伸到外面去了!

"钻开了呀!"小青叫道。宁儿连忙也摸过来。那钻开的洞起先还是很小的,后来就慢慢大起来,宁儿把头探出洞外,可以看到天上星星在向他眨眼睛。他索性爬出去,又回身把青妹拖出来。还叫她:"别忘了海鞭!"小青像只小耗子一样,很敏捷地爬出了罩子。

宁儿把海鞭绑在腰带上,夸奖小青道:"你想的主意倒真不错!"

小青说:"是你做得好呀!"

两人乐极了,忘了自己在什么地方,牵着手团团转。

他们正高兴时,猛然间又听见一阵乱钟,一道惨白的光照亮了这座山,扇形的罩子早没了踪影。宁儿和小青看见自己是站在一座陡峭的石山上,下面是黑沉沉的水,山上到处是突兀的怪石,刀削般的绝壁,动一动就会跌下去,那么深的水,不知几时才能到底。

钟声越敲越急,比火警的钟声还凄厉,阴惨惨的白光一闪一闪。"哈……哈……哈!"一声令人毛骨悚然的长笑,使得无边的黑夜都震动了。

宁儿和小青抬头一看,只见在石山高处的一块石头上,站着西王母。她头上的毒蛇张牙舞爪,似乎要扑过来。她咬牙切齿地喝道:"啊!你们敢钻坏我的扇子!胆子可真不小啊!"宁儿和小青仔细一看,不错,她手中那把猪毛扇子,扇面上确实有一个大洞。原来刚才罩住他们的罩子就是这扇子变的。

西王母头上的毒蛇,每一条口中都吐着火焰。小青看着那些毒蛇,实在有些害怕。可是无论怎么害怕也不能后退,难道回家去不取月亮珠了么?不行。还是不要害怕吧!她告诉自己:"没什么可怕的!这西王母,大龙还咬断了她的尾巴呢。"

宁儿却抬着头瞪着西王母,看她要怎样。还握紧了小拳头,预备和她决一死战。

西王母见他们一声不响,哼了一声,说:"怎么你们都变成哑巴了?有话还是快说吧。再过一会儿,你们可就再也别想说话了!"说着,得意地摇摇她的秃尾巴,又发出一阵狞笑。

小青看见西王母的半截的尾巴,忽然又想起大龙给他们的海鞭,连忙拉了拉宁儿,轻轻地提醒他:"海鞭!"宁儿会意了,闪电似的抽出藤条,抡开来就向西王母打去。

西王母立即收住不笑,连忙用手一指,山上出现了一只大猫,很大很大的,有普通的猫一百倍大,瞪着茶壶大的两只眼睛。西王母冷冷地说:"这鞭是孽龙给你的吧?你何必要打我!有本事打它去!"

宁儿想也不想,说:"那有什么不敢,打它就打它!"他用全身的力气一鞭打过去。那猫一动不动,把嘴一张,咬住了海鞭。

西王母又笑出来了。宁儿揪了两下拔不出来,扔了鞭,把小青一拉,向石山下夺路而逃。西王母站着不动,一双手臂凭空变得极长,把他们都抓了回来,扔在地下。宁儿知道逃不脱,心里想,只有自己和西王母拼了,让小青逃走,可以继续找月亮珠,他低声对小青说:"快跑!快去找月亮珠!"一面把飞纱偷偷塞给她,自己赤手空拳地向西王母迎了过去,大声喊着:"你吃我吧!你吃我吧!"只觉得西王母向他喷了一口又腥又臭的热气,宁儿身子向后一仰,浑身像棉花似的,失去了知觉。

小青哪里经过这样场面!她小小的心几乎停止跳动了。但她脑子里紧紧记着一件事:"找月亮珠!找月亮珠!"她赶快把飞纱铺在一块石头上,想跳上去飞走,但是飞纱已经不灵了,飞不起来,西王母却又来抓她了。

西王母那尖利的毛手离小青只差一根头发,忽然天空里照下一道金光,又温暖又明亮,西王母马上缩回了手。小青抬头一看,只见两只雪白的大鸟衔着一个金光闪闪的大瓢,从空中落下。

西王母"哇呀"怪叫一声,头上的蛇乱藏乱躲。她向后退,向后退,大嘴一张,吐出一阵黑雾,黑雾越来越浓,西王母不见了。

小青仔细看那金光闪闪的大瓢,原来这是一片龙鳞!小青真高兴透了,这分明是擘龙派大白鸟来接他们了。两只白鸟儿用它们的长嘴把宁儿抬上金鳞,小青也跟了上去。两只大白鸟站在鳞片边沿,一边一只,用翅膀轻轻扇了扇,那鳞片就飞了起来。

小青看宁儿还是昏迷不醒,向两只白鸟问道:"宁哥怎么了?他死了么?"说着就哭了起来。

一只脖子上有一道金圈的白鸟说:"没死。你别着急!"另一只头顶上有个朱砂点的白鸟说:"他不过被西王母的毒气喷了,一会儿就会醒来。"它们的声音非常温柔好听,好像一只熨斗,把小青纷乱的心熨平了。她轻轻抽噎着,用飞纱扇着宁儿,想把那毒气驱散。

宁儿蒙蒙眬眬地觉得自己被谁抬起来,放进晃晃荡荡的船里,但他却说不出话来。他惦记着小青,不知她怎样了。她逃出来了吗?一个人去找月亮珠,真难为她了……想着想着,他慢慢醒过来了,他看见小青伏在自己身上哭,心里非常奇怪,忙问道:"我没有被西王母吃掉么?"小青见他清醒过来,高兴得瞪大了眼睛,脸上还挂着两行泪,却向哥哥分辩说:"我可没有哭哇!"

宁儿有气没力地说:"咱们这是在哪儿呀!你先别管哭没哭,说要紧的!"

青儿嘟起了嘴:"你自己看呀,光问人家!"

宁儿揉揉眼睛,原来天已经蒙蒙亮了,天边一片玫瑰红。自己是躺在一个闪着金光的大瓢里,旁边坐着青妹,还有两只漂亮的雪白的鸟儿站在大瓢的边缘上,好像两个英俊的卫士。

两只大白鸟见宁儿醒过来了,都很高兴。脖子上有金圈的一只说:"亏得我们早来一步,要是来得晚了,你们可就糟啦!"头顶上有红点的一只说:"孽龙想到西王母一定还不肯罢休,就叫我们追来保护你们。我们在智慧之国才赶上,看见你们没有取到汗珠,真着急……"

青儿抱住白鸟的脖子,问道:"为什么西王母一看见你们就跑了?它知道你们是从孽龙那儿来的么?"

另一只鸟用嘴指了指那金光闪闪的"瓢",说:"那是因为这个。这是孽龙的一片鳞,孽龙知道西王母一看见他鳞甲上的金光就要逃,就从身上割了一片来救你们。"

宁儿的眼睛润湿了,伸手去抚摸这片鳞,眼前好像看见孽龙温和的大眼睛。他喃喃说道:"谢谢你,孽龙。你放心,大海上一定会有月亮照着的。"

小青把脸伏在白鸟的羽毛上,白鸟用嘴理着她的头发。

那片金鳞越飞越慢,最后,平稳地落在地面上。这时宁儿已经完全恢复了元气。他和青妹跳出"金瓢",向两只白鸟行礼致谢。鸟儿彬彬有礼地张开闪着银光的大翅膀,弯身鞠躬。

宁儿从小青手里拿过那块飞纱,说:"幸亏你来救我们,这块纱不知道为什么不灵了。"

头上有红点的白鸟瞅了小青一眼,说:"听孽龙说的,因为那块纱在飞泉里没有洗透,一碰到西王母的毒气,没洗透的地方就破了洞——好在现在你们已经到了智慧之国,用不着它了。"

小青连忙凑过去看:"哪里有洞?哪里有洞?"果然那块纱的中间有一个三角形的小洞,小青恨不得哪儿有一个更大的洞,好把脸藏进去。

这回宁儿一点儿没有像往常那样得理三分不让人,却低头自己想了半天,说:"多亏了你们。我也太冒失,把海鞭送到猫嘴里。"

小青插嘴道:"那猫是什么东西?"

有朱砂点的白鸟说:"那是一只海猫,蘖龙到海里来以前,它是海上的霸王,我们都让它给欺负苦了。蘖龙来了,大家就把它赶走了。它投靠了西王母,还想着重霸大海呢。"

脖子上有金圈的白鸟说:"过去的事,提起来话长。是错就别再犯才好。现在你们还是快去找那三千声笑吧,大伙儿都在等着月亮……"两只白鸟又向他们弯了弯身子,轻轻扇了几下翅膀,那金瓢转眼间就缩成铜钱一样大小。脖子上有金圈的一只衔起它来,两只鸟就向天空飞去了。

宁儿和小青仰着头,眼看着两只白鸟慢慢小了,小了,最后完全没有了踪影。

八

幸福的地方是怎样一个地方?宁儿和小青急着想要知道。他们有自己的猜想:幸福之土的河流里流着的是柠檬汽水,房子的墙壁是喷香的葱油饼,窗格子都是巧克力做的,可以随手拿来吃,吃了还会长出来。可是真奇怪,这时他们停落的地方虽说是幸福之土,眼前却只是一片黄沙,一阵风过,卷起一阵黄烟,别的什么都没有。太阳高挂在空中,没头没脑地晒着,热辣辣的。

宁儿想走几步,刚一抬脚就陷到沙里去了,沙子一直没过膝盖。小青伸手拉他,一使劲自己也直往沙里陷,眼看着人矮了下去。宁儿连忙叫道:"别动!别动!越动越要陷下去了。"两人拉着手一动也不敢动。小青生气地说:"哥哥,这就是幸福的地方么?准是错了!"

忽然从空中照下来一排比太阳光还强烈的白光。宁儿和小青抬头看去,只见空中隐约有许多房子,这白光就是从那里照下来的。小青惊慌地指着空中的房子,问宁哥:"那别是西王母的家吧?"正说着,忽然一声惊天动地的巨响,把宁儿和小青从沙土里震了出来。

这时天空中电光闪闪,雷声隆隆。电闪和雷鸣迅速地从西往东移动着,沙漠上转眼间出现了一条碧清的河流,也从西往东蜿蜒流去。河水哗啦啦地流着,充满了生命的欢乐,灼人的阳光也马上变得清凉了。

"咱们是在做梦么?"小青又问。

她的话还没完,只见河岸边猛然冒出了一排绿色的树苗,往上冒,往上冒,顷刻间就变成了一排大树,绿荫如帐,柔枝轻轻拂着水面。那地面上干黄的沙,眼看着颜色越来越深,变成了褐色的沃土了。

这真是奇怪的事!几分钟以前还是黄沙遍野的平原,瞬间变得花园一样!而且这里冒起了高楼,那里出现了大厦。仿佛空中有一双看不见的手,在随意涂画,改变着大地。宁儿和小青瞪大了眼睛,坐在阴凉的河岸上,望望河水,望望树木,望望房屋,不知说什么才好,直发呆。

不一会儿,远处空中,又出现了一点亮光,越飞越近了。萤火虫么?怎么会有这样亮?小星星么?怎么会飞得这样快?

亮光越来越近,飞到宁儿和小青头顶,它猛然冲了下来,落在河岸上。宁儿和小青抱着头往旁边躲,却听见一个温柔的声音说:"小朋友,怕什么?"

他们抬头看时,原来是一辆漂亮的小汽车停在他们身边,车门开处,走下来一位年轻的阿姨,一根长辫子直拖过腰,眼角稍向上斜,显得神采飞扬,正微笑着向他们说话。

"发光的,就是这辆小汽车么?"宁儿问。

"就是它呀。"

"飞过来的,也是它么?"小青接着问。

"也就是它。"年轻的阿姨一面对他们微笑,一面把宁儿和小青挽上车子,一起坐着。她在车里装的一个什么盒子上一按,汽车左边就伸出一条长长的手臂似的杆子。宁儿和小青都很想知道那是干什么用的,他们马上就得到了回答。只见阿姨又在小盒子上一按,那条长长的杆子就对着一大片不知几时已经翻松了的田地,像救火车的橡皮管子一样,喷出许多绿色的泡沫来。杆子不住地喷,车子沿着田野飞也似的行驶。泡沫喷过的地上都长起了四五寸长绿油油的麦苗,在轻风下起伏着绿色的微波。

宁儿和小青兴奋得直拍手,这真太奇怪了,这阿姨一定是从天上那座房子里下来的,是神仙!

"也要种点儿稻子啊!"宁儿冲着阿姨嚷嚷。

阿姨微笑着,按了按小盒子上的另一个按钮,车子右边又伸出一根杆子,再一按,杆子又像水龙头一样喷出绿色的泡沫,泡沫喷在右边的水田里,立刻,满地都长满了稻苗。稻田里,还有青蛙在"咯咯"地叫着,真有趣!

"阿姨,阿姨!给河岸上种点儿花吧!"小青提出了她的请求。

　　阿姨看见两个孩子脸上热切的表情,不由得微微笑了,说:"对呀!也该种点儿花。"只见她取出一个粉红色的小盒子,打开盖子,轻轻一吹,五色缤纷的碎屑在空中飞扬开来,落到河岸上。呀!一眨眼间,河岸上就开满了五颜六色的花朵:有红绒似的石竹,锦缎似的榆叶梅,有假面具似的令人发笑的大丽花,也有那梦境一样的浅紫色的草兰……

　　车子停住了。宁儿、小青和阿姨都下了车。这阿姨真是神通广大!宁儿张着嘴望着她,心里直在琢磨,猛然脑子一亮,那三千瓣百合花,不也可以这样得来么?他跳到阿姨面前,叫道:"阿姨!请您给变点百合花出来吧!"他叫的声音很大,好像那阿姨是个聋子。

　　"百合花?你要它干吗?"长辫子阿姨有些吃惊,手离开了盒子,举到头上,瞧着他们两个。

　　宁儿急着把原因说明了。他上气不接下气地讲着西王母怎样欺负嫦娥,怎样夺去了月亮珠,他和青妹怎样要去找月亮珠,大家怎样喜欢月亮,找月亮珠又怎样需要百合花瓣、汗珠和孩子们的笑。

　　小青很佩服不动脑筋的宁哥居然想到这样高明的主意。向这位神通广大的阿姨要百合花,当然是最好不过的了。她也向那阿姨恳求道:"给我们百合花吧,别舍不得呀!您一定不是凡人,您是从天空中的那座房子里来的神仙。这也费不了多大事!"

　　长辫子阿姨把那双神采飞扬的眼睛睁得很开,说:"原来你们就是为大伙儿找月亮珠的小朋友!"她抚摸着宁儿和小青的头,说:"找月亮珠可真是为大伙儿做好事。你们说我是神仙,可想错了，我不过是个普通的人。天空里的那座房子也不是什么神仙住的仙宫，那是我们的人工造河站。"她一面说着一面笑了，"你们看这些庄稼，这些花草，长得太容易了是不是？这可不是容易得来的，你们不知道，有多少叔叔阿姨经过多少试验，多少学习啊。就是你们看见的这些忽然出现的河流、树木、楼台、亭阁，也并不是随随便便就造成的，那里蕴藏着巨大的劳动，凝结着高度的科学的智慧！劳动，就是幸福。"她说着，自己又笑道："我这倒像是讲演了——你们要百合花，该上美丽之乡去，那里是现成的。"

"我们去过了呀！"宁儿急忙说了一句，底下的可就吞吞吐吐了。说出自己的错误是怪难为情的，但他还是说了，从头到尾都说清楚，没有遗漏。

长辫子阿姨想了想，打开了车上的一只箱子，小心地从箱子里拿出一个锦袋，然后从袋里取出一粒花籽，郑重地交给了小青，说："我原来没打算种百合花。这花籽没有经过科学处理，要种它得格外当心，一步也不能错。"接着就附着小青的耳朵，把种花的手续详详细细告诉了她。最后，又说："我知道，小姑娘都有一双灵巧勤快的手，你一定会种出一片漂亮的百合花来！"

小青脸上的表情很紧张，宁儿猜想到种花的过程一定不简单，怕小青担当不了，想了想，自告奋勇说："阿姨，我来种吧！"小青瞪了宁儿一眼，赶快把那粒种子接了过来，说："我能行！"

阿姨对宁儿说："让她种花吧，你还得去找那三千粒汗珠。你的工作可能更难一些。"

"到哪里去找？还到聪明的地方去么？在这儿种出来，不可以么？"

阿姨笑了笑说："汗珠可不是种出来的。那还得你好好动脑筋想想……"说着自己跨上车子,在那小盒子上按了按,杆子都缩回去了,她说："对不起,我忙得很,还要到别处种庄稼、种花呢。我一会儿再来。再见!"说罢,车子升了起来,飞走了,宁儿和小青眼前只剩下一道白光。

真糟糕!阿姨怎么这么快就走了呢?现在上哪儿去找那三千粒汗珠?回智慧之国去?飞纱已经不能用了,要去也没法子去!宁儿和小青真着了急。忽然听见一个细细的声音在说:"要找汗珠么?怎么不先找我?"顺着声音一找,原来是一只青颜色的小鸟,站在柳树上。

这声音好像是老朋友在说话,这鸟也好生面熟!鸟儿说:"又不认识了么?"再一分辨声音——哦!还是那青衣的小仙子"想"。"想"对他们说:"不必到智慧之国去了,这里也有汗珠。爱劳动的地方都有这宝贵的东西。只是这里的不如那里的现成。有些汗珠不是劳动得来的,而是因为天气热,或者因为生病。它们虽然也是亮晶晶的,可是没有分量,对咱们没有用。你们自己得分辨一下真假。"

"只要有地方找去,多么难的事也要把它办好!"宁儿和小青都激动地说。宁儿还加了一句:"那些汗珠都在哪儿呢?"

小青鸟用它自己嫩黄的小嘴指着另一棵柳树说:"瞧!那树下就有一大箩。你想办法把它们区分开来吧,只要真的。假的没用。"

果然,柳树下有一个细竹篾子编的大圆筐,里面装的都是汗珠,不管真的假的,一颗颗都是亮晶晶的。那珠子少说也有一万颗,这可怎么分辨呢?宁儿觉得自己的头嗡的一声像那筐子一样大了。

他想向小青鸟讨点办法,话还没有说出来,小青鸟歪着小头看了看他,扇起青缎般的翅膀向空中飞去,转眼就不见了。

小青看到宁儿这样紧张,捧着那粒花籽对他说:"咱们两个换换吧?好么?"

这回轮到宁儿瞪眼睛了,他说:"用不着!"转身向那大筐跑过去。

他蹲在那一大筐汗珠前,把眉头皱得像解不开的结子。他抓起一把闪闪发光的小珠,确是有的重,有的轻,若是一个一个地分,分到明年也分不完!可是总该有个办法吧?就是把眉头皱碎也要想出办法来!

小青这回一点儿都不耽搁时间,看好了一块地方就动手挖土。她用手指一点点挖,一会儿都不停。她下了决心,就是手挖破也要种出百合花来。坑渐渐深了,大了。手,原来是这样有用。那飞纱就因为自己洗的时候,手不勤,洗得不透,害得自己几乎被西王母吃掉,这次种百合花可要样样都做到家。

挖着挖着,头上的汗珠滴下来了,"吧嗒"一声落在泥土上。小青没有注意,还是在挖坑。那汗水滴过的地方,猛然冒出了一个红衣的小人。他跳到小青面前,叫道:"小姑娘,你停停!"

小青停了手:"噢,你是'做'吧?你好!"

"做"说:"做事情不要光动手,蛮干,也要动脑筋,讲究方法。"他递给小青一个精巧的小铲子,"用这个挖吧。"

小青还没来得及谢他,他已经又向空中一跳,不见了。他们这些小仙人,一定也是很忙的。

有了小铲子,果然好挖得多了。不一会儿,坑挖好了,小青把种子放了进去,上面撒了层细土,又从河里打上来清凉的水,小心地浇在种子上。那种子真不含糊,一会儿工夫就长出一棵小苗,碧绿的,扬着头摆来摆去。小青马上照长辫子阿姨嘱咐的,找了牛蒡叶子,给小苗搭起了小帐篷,又找了张核桃叶子,轻轻扇着小苗。核桃叶子有一股幽雅的香气,香气覆盖着百合花苗,也熏染着小青。小青觉得自己就像在朦胧的月光下面,那样平静,那样幽雅,那样温柔……

小青的百合花苗眼看着往上长,宁儿的脑子还是一片空白。他一面喃喃地自己叨念着:"真,假,真,假,用什么办法呢?"一面用手抚摸着身旁一棵石竹花,无意中掐了一片石竹叶子,丢进河水里,叶子在水面上打了几个旋,就顺水漂走了。他又摸了一小块儿石子丢进河里,小石子扑通一声,便沉下去了。

"哦!"宁儿叫了起来,"轻的漂着,重的沉底儿!我有办法了!"他采了几大张荷叶,做了一个盆,装上河水,把亮晶晶的小汗珠搁在水里,眼看着有的沉了,有的漂着。宁儿觉得自己心里从来没有这样亮过,真像人家说的:心上的七窍都通通打开了。他一面喊着"青妹",一面朝小青跑过来。

小青的百合花已经开放了,雪白的,似乎是月光凝成的花朵,在轻风里徐缓地舞着。小青小心地摘下一朵花放在地上,那里就马上又长出一棵新的百合,开着大花。不一会儿,小青已经站在百合花丛里了。她高兴透了,两手举着百合花向哥哥跑来,正好和对面跑来的宁儿碰在一起,砰的一声,两个人头上碰起两个大疙瘩。

就这样,小青种花,宁儿挑选汗珠,到天色黄昏时,一切都安排好了。三千片花瓣搭成了一个花座,完全像月亮里的花座一样。汗珠用蜘蛛丝(花园里有的是蜘蛛网,只要小心地解开来就行了)穿了起来,挂在花瓣尖上,在暮色里像许多小星星闪耀着。

宁儿和小青刚把花座收拾好,天空中忽然出现了无数闪亮的流星,一齐向这新辟的河岸上落下。原来长辫子阿姨带着许多"幸福之土"的小朋友们坐着飞车来了。长辫子阿姨招呼着大家,又给宁儿和小青介绍。大家七嘴八舌地问:"月亮珠呢?""我能帮什么忙么?"叽叽喳喳好不热闹。

远处又驰来一队飞车,比以前那些更快更亮,而且不停地变幻着色彩,像是城市里的霓虹灯溜到天上去闲逛。它们停下来了,走下车来的是"智慧之国"的叔叔阿姨们。原来长辫子阿姨和他们都是认识的,她在那个玻璃大厅里和他们一起工作过。宁儿和小青看见了许多熟人:戴眼镜的叔叔,小身材的阿姨,还有络腮胡子的伯伯,红脸的叔叔……看!那位亮眼睛叔叔也来了!他是坐最后一辆车到的。宁儿和小青扑上去抱住他,争着告诉他:"汗珠和百合花瓣都有了!"

长辫子阿姨也走过去迎着他。长辫子阿姨和亮眼睛叔叔看来特别要好。他们年纪仿佛,都是那样俊秀。亮眼睛叔叔有一种灵秀之气,使宁儿和小青想起了"想";长辫子阿姨有一种毅力,使宁儿和小青想起了"做"。真的,说不上来是怎么回事,他们两个的确很像那两位小仙子。

杨柳枝轻拂水面,河水在浓重的暮色里流得缓慢多了,晚香玉沁人的香气也飘散开来。蓝黑色的匀净的天空上,稀稀落落闪着几颗小星星,它们的光辉是那样微弱。他们惦念着月亮,心里都在难过,有的因为太伤心了,根本就没有心思点燃自己的蜡烛。那平原上新造的楼台亭阁,在夜光中隐隐约约,有的巍峨雄壮,有的纤细精巧,像一幅浓淡参差的水墨画。它们和新种的树木、庄稼、花草,都在等待着月光的照耀。

只差三千声笑还没有准备好。小青、宁儿和长辫子阿姨、亮眼睛叔叔把"幸福之土"的小朋友安排了一下,排来排去,还差十几个人。

"飞泉旁边的朋友们来了就够了。"宁儿说。

"我们等着吧!""跳起舞来!""唱起歌来!"大家兴高采烈地跳起来唱起来了。河岸上,像有成群的蝴蝶在飞,嘹亮的歌声,直冲到天空,空中飘着的白云,都停下来倾听。

可是这一切没有月光照着,毕竟是扫兴的事。不久,大家都疲倦了。小朋友们都嚷嚷起来:"他们怎么还不来!"

又唱了一支歌,还没有来。

又跳了三圈舞,还是没有来!

九

飞泉旁边的孩子们究竟上哪儿去了呢?是忘记了?还是迷了路?

宁儿和小青都相信那戴眼镜的小学者和他的同伴们是守信用的,他们不会忘记这件大事。他们从小就在飞泉旁边,对航空学特别有研究,照说也不该迷路。但他们迟迟不来,真叫人又着急又纳闷。

又等了五分钟(这五分钟似乎比一年还要长),小青实在忍不住了,向大家建议:"我们到空中看一看,好早点知道他们来了没有。"又慎重地说:"不走远,就回来。"大家研究了一下,同意了。亮眼睛叔叔教会了宁儿和小青驾驶飞车的办法,宁儿就拉着小青跳上飞车,腾空飞去了。

飞了不远,宁儿和小青看见远处有一座灰蒙蒙的小山,还听见一阵凄厉的喊声断断续续飘过来:"救人哪!救……人……

哪!"两人都愣了,早忘了不走远的诺言,直奔那小山开去了。

飞近了看,那小山像是个光光的馒头,上面什么也没有。这时又听见一声喊:"救人哪!"一听,原来是白鸟儿的声音。宁儿在半空中停住了车,青儿马上要跳下车来,到山上去找。宁儿拉住了她,低声说:"慢着,这山一定有毛病。"

可不是,这山真有点怪。宁儿和小青觉得有一阵越来越浓的香气扑过来。这香气有点酒味又有点甜味,闻了就浑身软绵绵的不想动弹。宁儿急忙说:"这香味不好,得想个办法。"

宁儿说着用手在身上到处摸,从口袋里掏出一块手巾,扎在脸上,堵住鼻孔。还叫小青也如法炮制。原来什么事情只要肯动脑筋,总是有办法的!宁儿又开动了飞车,绕着馒头山飞了大半个圈。忽然在山的斜坡处发现了一个大洞,就在这洞口,站着一只白鸟,头顶上分明有一个朱砂点。就是它,曾经送宁儿和小青到幸福之土去的。

白鸟伸长了脖子,还不住地在喊着:"救人哪!救人哪!"

"出了什么事?出了什么事?"飞车降到地上,宁儿和小青急忙跳下车来,朝白鸟跑去。

白鸟看见宁儿和小青,高兴极了,用嘴衔着他们的衣服,就把他们往洞口拉。呀!那洞里横七竖八躺着的是谁?就是那飞泉旁边的小朋友们呀!最急人的是,那个洞正在往下沉,虽然沉得很慢,可是眼看着越沉越深,不用多少时间,就要把这些躺着的孩子吞没了。

小青和宁儿丝毫没有踌躇,一下子就跳进了那正在下沉的洞,紧抢着把小朋友们拖出洞口。只听见白鸟在一旁叫道:"运到这儿来!"原来在离洞口不远的地方,有一条用大树干挖成的飞艇。这段树干在飞泉里泡过,说飞就飞,绝不含糊。那些小朋友们就是乘了它飞来的。宁儿和小青赶紧把小朋友们一个个抬过去,大树飞艇也很着急,赶快侧过身来,好让小朋友们快快进去。

那戴眼镜的小学者还是很清醒的,只是他不能动,不能说话。他做着手势表示着急,表示感激,还表示许许多多表示不出来的意思……那小胖子已经完全昏沉不醒。那头上扎着一双花蝴蝶结的女孩不知为什么只剩了一个结子,懒洋洋地靠在洞壁上,一声不响。

宁儿和小青来不及问他们是怎么回事,一刻不停地把小朋友们搬的搬,扶的扶,弄上飞艇。小青手脚从来没有动得这样快,这样灵便,她简直恨不得多长两只手。白鸟也帮着推一下,拉一把。刚把最后一个小朋友送上飞艇,就听见一阵急促的乱钟,接着哗啦一声,那洞口上面的土全坍了下来,把洞口封住了。

"哈!哈!哈!"空中传来一阵冷笑,"一群小哑巴,一群小哑巴全完蛋了!"

这是西王母的声音!

又是她!赶快逃吧!飞艇、飞车飞得像射出的箭一样快。西王母一眼看到飞艇、飞车,知道馒头山并没有埋葬那些孩子们,气得哇呀怪叫,顺手举起那座馒头山,像扔手榴弹似的照着飞艇砸了过来(那馒头山可比手榴弹大了几千万倍)。

说时迟,那时快,随着一个耀眼的电闪,滚滚的雷声自远而近,猛然间一条大龙出现在宁儿和小青上空,正巧挡住了馒头山。馒头山向天上逃去,一会儿就变成一堆黑雾。宁儿和小青高兴得大叫:"孽龙!孽龙!"还向小朋友们得意地说:"我们认识他,他就是孽龙!"这时孽龙在空中左盘右旋,像是在寻找西王母,想尝尝她剩下的那半根尾巴。

宁儿快活地说:"西王母这回不笑了吧?我们的孽龙来了啊!"

小青兴奋地招呼孽龙:"停一下,停一下,不要走!"白鸟知道龙涎能治百病,把翅膀一张,飞过去停在龙须上,告诉大龙那些小朋友们吃了西王母的毒药,哑了。大龙飞舞着,仰头探爪,使足全身力量,喷出了一口气。孩子们觉得一阵细雨洒在身上,不由自主地连连咳嗽,咳出一块块儿的小石块儿,都醒过来了。

白鸟又飞过来,停在大树飞艇的船舷上,说:"这就是你们吃的糕饼!现在请说话吧!"

小学者喊出一声:"谢……谢你们!"小朋友们乱开了,有的向空中的大龙招手,有的扑过去拥抱白鸟。大树飞艇忙向另一个方向侧了侧身,免得飞艇翻个儿。大龙在空中点头微笑,说:"孩子们,赶快把月亮珠找回来!"说罢,略一盘旋就飞腾而去。白鸟对大家招招翅膀,也随着大龙飞走了。宁儿和小青仰着头向天空中直喊:"龙,好龙!我们给你写信……"可是碧蓝的天空里只剩下几缕白云,悠悠地飘着。

停了半晌,宁儿和小青才想起问朋友们:"你们遇见什么了?"

那头上扎蝴蝶结、说话又脆又快的女孩子叹了一口气:"唉!我又能说话了!"接着就给宁儿和小青讲她们碰见的事。小胖子不断打岔,小学者有时托托眼镜,来几句解释分析。大家你一言我一语,这个乱就别提了。

事情其实不算太复杂,是这样的:

飞泉旁边的孩子们,在宁儿和小青走了以后,就到各处去约了一些小朋友,十几个人乘了那大树飞艇,向"幸福之土"进发,一路上也还顺利。路已经走了大半,不知从哪儿刮来一阵风,把那女孩子头上的蝴蝶结吹掉了一个。大家连忙伸手去抢,但那结子在云彩里转了几个身,就不见了。

在离"幸福之土"不远的地方,他们看见一座小山,一座很美丽的小山,有葱葱郁郁的树木,有碧清碧清的小溪。小胖子首先叫了起来:

"这地方一定好玩!咱们停下来去看看吧!"

小学者立刻表示不同意,说:"顶重要的事还没办好,哪儿有空去逛山!"

大家意见不一,嚷成一片,这时,他们看见在一株笔直的白杨树的尖顶上,飘着那个蝴蝶结。小胖家伙又叫道:"飞低些,去把那丝带捡回来吧!"

这意见没人反对。飞艇降下来了,快碰到树尖了,忽然好像有什么拉住了飞艇,拉得它一直向下掉,砰的一声,飞艇着了陆。小山上的树木花草,好像变戏法似的什么都不见了,只剩下一片光光的白地。

大家你看我,我看你,弄不清是怎么一回事。这时,不知从哪里飘来了一阵醉人的香气,又浓又甜。

扎蝴蝶结的女孩子说:"怎么这样香!我真想吃点什么。"

说话间,他们在飞艇旁边的地上看到一盘精致的糕饼,大家被香气熏得昏头昏脑,小胖子首先抢了几块吞了,大家都一窝蜂拥了上去,各自拿了一块吃起来。小学者觉得这些糕饼来路有点蹊跷,想要阻止大家,但那糕饼发出的浓重的香味,使他也管不住自己,话没有说出口,也拿起一块吃了起来。

这时,那头顶有朱砂点的白鸟在天空中经过,看到了这情况,知道又是西王母耍的法术。它怕孩子们受罪,从空中急冲下来,儿翅膀就打落了小朋友们手中的糕饼。

"小朋友,你们乱吃什么?"

小朋友们很生气。这只白鸟太没礼貌了,大家都想和它大吵一架,可是,那糕饼把他们的喉咙堵住了!他们都变成了哑巴!

讲到这里,小学者很佩服地对宁儿和小青说:"你们怎么就没有被香气熏坏了呢?还把我们都救了出来!"

宁儿不大好意思地说:"我们把鼻子堵住了。"

青儿高兴地说:"这是宁哥想的办法!他现在可会动脑筋啦!"宁儿说:"青妹现在也很爱做事了,她会种花……"青妹听哥哥夸奖她,很不好意思,低头看着自己的小手。

在"幸福之土"等着他们的叔叔、阿姨和小朋友们,拼命看着远处的天空,几乎把天都看出洞来了。

孩子们到底来了!大呼小叫,欢声沸腾起来了!亮眼睛叔叔和长辫子阿姨抱住宁儿和小青。"幸福之土"的小朋友欢迎着飞泉旁边的小朋友。现在没有时间去讲那已成为过去的事,大家都从心底感到抑制不住的高兴,笑声好像泉水一样涌了出来。

"哈……"

"嗬……"

"嘻……"

"嘿……"

笑声像是流动的山洪,也像是叮叮当当的银钟。在这笑声里,百合花座下响起了一阵爆竹炸开的声音,紧接着是轰的一声,烧起了熊熊的大火,在火光中,百合花愈显得白,汗珠愈显得亮。那种美丽,真是神奇!

远方,黑暗里,忽然显出一团五色光华,自远而近,一转眼就落在那飞舞的火光里。刹那间,红色的火光变成了彩色,好像是流动的云霞。在云霞中,在百合花座上,出现了一颗光彩夺目的大珠!

"这就是月亮珠!"宁儿和小青几乎要扑到火里去了。

那光彩夺目的大珠,照得大家的脸都红红的,照得树木房屋都似乎活动起来了。一个个孩子的笑声,现在都变成了欢呼声,欢呼的声音直冲天空……

就在这欢呼声里,西王母的宫殿响起嘶哑的钟声,宫殿的墙壁也咯吱咯吱直响,耗子、蜥蜴和蜈蚣都四散奔逃。西王母头上的毒蛇向上蹿起一丈多高,似乎也要离开她逃走。

西王母的馒头山诡计失败后,又看见孽龙用龙涎给孩子们治好了哑巴病,已经气得半死。这时,听到轰雷一样的笑声,更是慌得手足无措。她的三头鸟早已被亮眼睛叔叔关起来,放在"智慧之国"当了活标本,她的猪毛扇子也已经破了一个洞,再不听她使唤。她想把笑声扇走,扇着扇着,竟扇出火来。刹那间,整个宫殿都浴在火海里了。

笑声冲进宫殿,宫殿里的各扇门都自己打开了。嫦娥从她被囚的牢房里走了出来。她还是那样美丽,那样从容,手里拈着一枝桂花。西王母看见她,哇呀呀直叫,扑过去想抓住她,可是嫦娥用手中的桂花向她一指,她就定在那儿不能动了,像化了的雪人似的,越来越小,越来越小,不一会儿就化成了一摊泥水。

山崩地裂的一声响,西王母整个的宫殿都碎成了灰尘。嫦娥从火光中飞出来,正迎着从地上升起的百合花座。这时,火熄了,灰尘散了,在月亮珠明净的光彩中,人们看见嫦娥躬身向地上的人行礼。她特别对宁儿和小青点头微笑,然后又一拂长袖,随着百合花座向空中飘去了。

满天飞起了无数月亮的碎片,好像大大小小的彩灯,比节日放焰火还要热闹得多,一瞬间,整个世界都成了透明的。再往天上看,一轮明月已挂在明净的天空,比以前更光洁,月光照得河岸边像下了雪一样。

这时候,所有的星星都点起了自己的蜡烛,欢迎月亮的归来。一颗颗亮闪闪的小星星,在空中活泼地眨着眼,像是在说:"我真高兴!"

不知为什么,小朋友们和叔叔阿姨都不见了,只剩宁儿和小青站在水溶溶的月光里。他们看着高大的房子上闪着的月光,河水上耀着的月光,花朵上染着的月光,乐得不知怎样是好。两人手拉着手转圈子跳起来,还自己编着歌唱道:

> 我们是真正的少年,
> 我们不怕任何艰险。
> 我们用双手和大脑,
> 让月亮又挂在天边……

转过榆叶梅,跳过大丽花和草兰,他们站在紫丁香花树下了。呀!那紫丁香花朵上坐着的不是"想"吗?就像第一次看见她时那样,穿了一身淡青色的衣裳,显得那么精致,那么可爱,正对宁儿和小青微微笑着。那大理菊花朵中站着红衣的"做"!他举着双手,好像要跳开去似的。宁儿和小青连忙跑过去,喊道:"喂!真谢谢你们!月亮珠找到了!你们看呀!"

这时响起了玎玲的琴声,这正是月亮的歌!是嫦娥正在整理那些摔得七零八落的梦,好让每个孩子都睡得甜甜蜜蜜安安稳稳的。

"想"和"做"随着琴声,在空中跳起舞来,他们一弯腰,一摆手,都有一大朵五彩的花飘起。宁儿和小青一人抓住一大朵花,那花像氢气球似的,把他们拉起来了。他们往上飘往上飘,在花朵中间转来转去,快活极了。这时,从月亮上垂下了五彩的璎珞,慢慢地形成了一个银光闪闪的网,把青衣的"想"和红衣的"做"网在里面,向空中升去。忽然之间,琴声停了,花朵散了,那两个小仙子和彩色的璎珞都消失了。宁儿和小青一个劲儿往下落,四周是白茫茫的一片,是月光?是云海?也分不清。

十

宁儿和小青慢慢醒了过来,仿佛自己还在云海苍茫之间、月光照耀下轻盈地飞舞。他们揉揉眼睛,把四周墙壁看了又看,觉得十分奇怪。

"哥哥,你怎么睡在床上呀?"小青问。

"你也睡在床上呀!难道你是在月亮里吗?"宁儿回答。

两人不约而同地坐起来,怔怔地想着,又不约而同都跑到窗户前,揭开窗帘往外看。

窗外天蒙蒙亮,是早上三四点钟样子。西天的圆月还没有落下去,透过柳树梢,她正在亲昵地凝视着宁儿和小青。

宁儿放心地说:"月亮是回到天上了,青妹。"

宁儿自己点着头,又想了一想,说:"我以后可要多动脑筋了。"

"我得多动手啊。"青儿叹了口气。

宁儿又点头,好像多动脑筋要从点头开始似的。

月光从窗帘的缝隙里透了进来,又在地上染上了一道发亮的银白色,显得光滑柔软。宁儿和小青伸手去摸它,没想到却摸着又冷又硬的地板,而月光,却覆在他们手上。

这倒使他们觉得奇怪了,你看看我,我看看你,对望着。忽然,宁儿想起了那块飞纱,那帮助他们飞山越水的飞纱,那原是嫦娥肩上的披纱,应该还给她。

"青妹,那飞纱在哪儿呀?"宁儿遍翻着自己的口袋。

"你问我!不是一直在你口袋里吗?"小青一面回答,一面也帮着到处找。

隔壁的妈妈听见他们在说话,埋怨说:"天还不亮就叽叽喳喳,有那么多话说!快再睡一会儿吧!"

宁儿和小青不敢再作声,低着头拼命想,怎么也想不起把飞纱丢在哪里。看看地板上,那一道银白色的月光不知几时也已消失了踪迹。

窗外的月亮微微笑着,她知道那飞纱在哪儿,只是不肯说罢了。

1956 年 12 月写完

(中国少年儿童出版社 1957 年出版,署名冯钟璞)

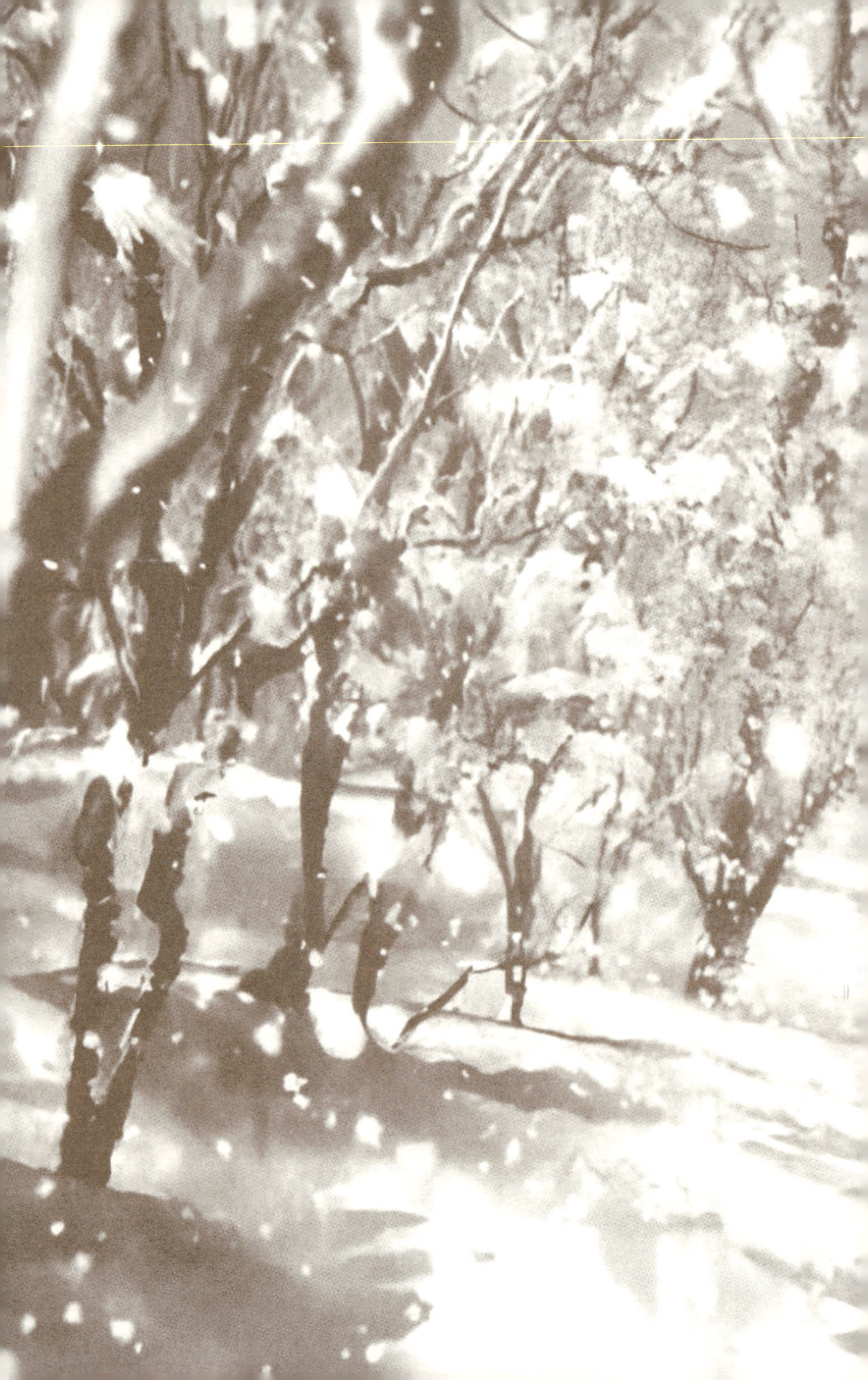